ひよしの千駄櫃

秀吉譚

冬野 秀俊
Hidetoshi Fuyuno

講談社エディトリアル

ひよしの千駄櫃——秀吉譚　目次

ひよしの千駄櫃——秀吉譚

装幀／ＫＥＩＳＨＯＤＯ　ＧＲＡＰＨＩＣＳ
（竹内淳子）

一　丸子船

　朝靄の中に立ち尽くす男の影があった。男は、都へと続く道を何度も目を凝らしてみていたが、待ち望む人はなかなか現れなかった。早かったかと男は思ったが、卯の刻はとうに過ぎていたので予定された行動だった。

　靄の中からかすかな音がすると、男は体が硬直するのを感じた。覚悟したこととは言ってもさらし首を運ぶなど、これまで経験したこともないことだった。

やがて、見たこともない網代笠を被った雲水姿の男が現れ、四角い箱を差し出したので白い包みを無造作に渡したが、会話は全くなかった。

依頼は、塩津の町はずれで雲水姿の男から四角い箱を受け取り、為替の入った包みを渡すことだった。

　網代笠の雲水と別れた男は、坂の手前まで来ると立ち止まった。坂を下りずに進めば山中峠、駄口を通る七里越えで敦賀へと道が続いていた。しかし、男は一度考えてみたもののかぶりを振って坂道を下った。敦賀へ行けば朝倉に歓待されるかもしれなかったが、約束を違えれば恥の上塗りをすることになるからだった。

男は坂を下って琵琶湖のほとりへ出た。すると、船頭風の男が駆け寄ってきて、丸子船へと案内してくれた。丸子船は琵琶湖特有の運送船で、船の側面におも木が取り付けられていた。おも木とは、船の浮力を増加させるための木材である。その他にも平らな船底や帆柱が後方についているといった特徴があった。

都方面からは、酒樽、醤油、着物、飴などの加工品が「下り荷」として、塩津などの港を経由して敦賀方面へと運ばれた。また、敦賀からは「上り荷」として、ニシンや海藻類、木材などが大浦の港などに運ばれていた。

乗船した男は、傍らの板の上に四角い箱を置いて腰を下ろした。見渡せば、港にも沖にも何十艘もの丸子船が浮かび、白い帆を並べているではないか。男は少しだけ希望が見いだせたような気がして、初夏の風を心地よく感じた。

「出るぞうー」

船頭の声が湖面に響き渡った。すると、丸子船は何の束縛もないように大海へと漕ぎ出した。板の上に腰を下ろしていた男は、大きくため息をつくと、肩をなでおろした。湖面の上にいる間は追いかけて来る者はいないだろうと、考えたからだった。

四角い箱の中には、さらし首。依頼された時には詳しいことなど聞かされていなかったが、捕らえられでもして露見すれば、我が身が危ういことになるくらいのことは予測できた。けれども、あまり考えることなく引き受けたのだった。

男の名は、斯波龍竹《しばとおたけ》。公家の中には今川氏豊だろうと言う者もいたが、斯波龍竹でかたくなに押し通した。確かに、以前は那古野城主の地位について大名などしていたこともあったが、織田信秀の奇策にあい、命乞いをした苦い経験もあった。武士が命乞いをするなど恥さらし以外の何ものでもなかったが、龍竹は死にたくなかった。

都では連歌や蹴鞠をしたり、好きな絵を描いたりと落ち着いた生活が続いた龍竹であったが、何か物足りなかった。それは、金かもしれなかったが刺激かもしれなかった。

那古野城主にしてくれたのは、兄義元だった。義元は今川氏親の三男で仏門に入っていたが、嫡男氏輝が若くして亡くなったので、今川家の当主になっていた。

龍竹は、さらし首の入った四角い箱を恨めしそうに見てから、彦根の方角へ眼差しを向けた。彦根はかすかに見える小島の向こうだったが、どのような試練が待っているのかと思うと、胸がワクワクした。

「危ねえー」

船頭が、叫んだ。次の瞬間、船が大きく揺れた。他の丸子船が、わざと体当たりしてきたのだ。

「旦さん、気を付けてくれー」

再び、船頭が叫んだ。体当たりしてきた丸子船から荒くれ者が乗り移ろうとしていたからだった。

龍竹は、慌てて箱を小脇に抱えると、船首へと急いだ。けれども、足を取られて体制を崩してばかりいたので、ようやく船首に辿りつくという有様だった。菰《こも》の屋根の向こうでは、刀を肩に担いだ荒くれ者が、こちらを窺っていた。

龍竹は、ゴクリと生唾を飲み込んだ。獲物を追い詰めたオオカミの目を見たからだった。

「これが、欲しいのか」

龍竹が、声を震わせて言った。けれども、荒くれ者は何も言わず近づいてきた。

四角い箱も大切だったが、それ以上に大切なのが己の命だった。龍竹は、自分の素性を明かしてみようと思ったが、思いとどまった。この荒くれ者に明かしてみたところで、何の役にも立たないだろうと思ったからだった。

それでは、己の剣に賭けてみようとも考えてみたが、すぐに諦めた。連歌や蹴鞠なら少しは戦えるような気はしたが、剣術には全く自信がなかった。

荒くれ者は、龍竹のおどおどした様子を見て、すっかり見下しているようだった。そして、龍竹がどうしたものかと考えあぐねている間に錨のようなものが投げ込まれてしまった。すると、船のきしむ音がして、二艘の丸子船が並んだまま動かなくなってしまった。

荒くれ者が、一歩後ずさりした。それを見た龍竹は、何が起こったのだろうと、目を見開いた。

菰の屋根から一筋の刀が突き出ていて、そのために荒くれ者が後退したのだということはすぐに分かったが、龍竹と船頭以外に乗船した者がいたとは、努々《ゆめゆめ》知らなかった。

それは、荒くれ者にとっても見込み違いのことだった。そのため、荒くれ者は仲間に合図して身構えなければならなかった。けれども、突き出した刀は生きているかのように、次から次と襲った。そして、荒くれ者が丸子船の中ほどまで後退した時だった。菰の中から長身で総髪の若侍が現れた。

「邪魔しやがって」

荒くれ者が、有無を言わさずに切りかかった。しかし、切り付けたはずの剣が、一瞬のうちに宙に舞い上がったと思いきや、湖水の中へと消えていった。

荒くれ者もその仲間の者も、あまりの早業に状況が呑み込めずにいた。仲間の中で一番腕の立つ兄貴分の刀が、いとも簡単に藻屑と化してしまったからだった。

荒くれ者たちの呆然は、それだけでは終わらなかった。若侍が荒くれ者たちの前を通り過ぎたかと思うや、すばやい身のこなしで荒くれ者の丸子船に飛び移り、大きな帆柱を一刀両断にしてしまったからだった。水夫の命ともいうべき丸子船が使用不可能となる一大事に、荒くれ者たちは大いに動揺した。そして、荒くれ者たちの次にとった行動が、船への退却だった。踏板や鉤を外し、この若侍から自分たちの丸子船を遠ざけなければならなかった。

「お侍様、助かったよ」

船頭がそう言って、ぺこりと頭を下げた。

菰の中に引き下がろうとしている若侍に、龍竹が船首からやってきて、

「かたじけない」

と、挨拶をした。武士でありながら刀も抜かず、面目丸つぶれといった感だったが、お礼は当然のことだった。

「拙者は、役目を果たしたまで」

と、若侍が言った。

「奴らは帆が崩れるのに驚いていたようだが、何をされたのか」

「帆柱を切っただけです」

若い侍はそれだけ言うと、菰の中に消えた。

成程と龍竹は合点したようだったが、菰の屋根をしげしげと見た後で、大きく頷かざるを得なかった。そして、さぞかし名のある武士だろうと思った。

若侍の名は、岡田惣之介。地下家《じげ》出身の父と堂上家出身の母を持つ。地下家は昇殿することが認められない下級公家であるのに対して、堂上家は昇殿が許されている位の高い公家をいう。

父の惣蔵は、身分の低い薬師の見習いをしていたが、ある時、十条家縁の薬師について六条家を訪れたことがあった。その時、惣蔵を恋慕したのが六条家の娘の常子だった。当然のように両

親の反対はあったが、それは、表向きだけのことだった。一二二一年の承久の乱以降の公家の暮らし向きは、六条家といえども食うや食わずの生活を余儀なくされていたのだ。

それは、常子が六条家よりも家格が上の公家へ嫁いだとしても生活の安定が望めないことを意味していた。それどころか、家格が上の公家へ嫁がせ体面を保ったとしても、自らの暮らしが今以上に苦しくなると考えられたからだった。

それに比べると、下級公家との婚姻は気が楽だった。対面は気になるものの、娘を気遣うことが軽減されるからだった。

惣蔵と常子の結婚は、六条家に幸運をもたらした。堂上家といえども日々の食糧に困窮している中、米や豆などの食糧が時々送られてきたからだった。地下家は貧しい公家だったが、それなりに自ら耕作したり、農家との関係に努めたりして生活しているようだった。

帆柱を倒したからといっても荒くれどもが諦めるわけでもなく、安心はできなかった。さらし首が入った四角い箱を渡してしまえば、追撃も何もなかっただろうが、それでは、依頼主との約束が反故にされることになった。

さらし首の主は一体誰だろうか、という詮索がなされても不思議なことではなかったが、乱れた世の中ではお互いの関係を必要以上に結びつけない方が賢明だった。強く結びつくことさえしなければ、相手から疑われずに済むからだった。

そのため、惣之介も龍竹について深く知ろうとせず、龍竹も深く関わろうとはしなかった。龍竹からすれば、惣之介は凄腕の使い手ということしか分からなかったのだ。

暫くの間は、狼煙のような煙が二、三度上がっているのが見えただけで、何事もなかった。行き交うのは丸子船だけで、大きな丸子船が小さな丸子船を何艘か従えてゆくのも見えた。他の船に負けまいとして波しぶきを上げる丸子船は、「伊達かすがい」と呼ばれる模様を波間に覗かせながらゆくので、見る目を楽しませた。また、舳先を差す「ツラ（面）」は個々の丸子船の顔のようなもので、それぞれが微妙に違っていた。

「一休みー」

竹島まで来ると、船頭が叫んだ。予定では彦根港まで行くことになっていたが、荒くれ者どもに攻撃されたので、変更しなければならなくなった。このまま彦根港へ向かえば再び攻撃されることも予想されたし、厳しい取り調べがあるかもしれなかった。このような時にはひとまず休憩し、それから次の行動へ移るのが一番だった。

竹島は、琵琶湖に浮かぶ四島の中の一つだが、大津と大浦を行き来する丸子船は、沖の白石と竹島の間を航行することが多かった。

休憩してから半刻が経った時、長浜の方角に二筋の赤い煙が見えた。船頭は、意を決したかのように、

「出航ー」

と、小さく叫んだ。滑車のカチャカチャなる音がして帆が大きく広がると、丸子船は重たい腰

を上げた。

「あそこの船はしばらく動いていないが、荷物はいいのかな」

島を離れ、丸子船が風をはらんで勢いづくと、龍竹が船頭に尋ねた。

「旦さん、知らんかね。ありゃ、朝妻船ですわ」

「ふーむ。そうか」

龍竹は、都の妻の顔を思い浮かべてみたが、すぐに波間へと隠した。さらし首の入った四角い箱が傍らにあったので、逢引きなどの気分にはなれなかった。すると、惣之介が菰から顔を出して、

「先程の狼煙だが、おぬしも見たであろう」

と、船頭に向かって言った。

「へい」

と、気のない返事。すると、惣之介が、

「赤色の煙は、珍しいのう」

と、続けた。

「へい」

と、観念したような返事だった。

「して、長浜へ向かうのか」

惣之介が、見透かしたように尋ねた。

「へい。彦根は、凶のようですわ」

六条家縁の惣之助は、剣の道を選んだ。甘い汁を吸おうと思えばどこかの養子に入り、母方の堂上家まで出世できなくても、相応の官位につく道はあったが、悔いの残る人生は歩みたくなかった。そこで、日夜書物を読み、剣の修行に励んだ。書物を読み漁ったのは、位のある者とでも同等の立場で会話をするためだった。その甲斐あって、塚原卜伝《つかはらぼくでん》に稽古をつけてもらう機会に恵まれた。

卜伝は、惣之介の太刀筋の良さを褒め、弟子になることを勧めてくれたが、惣之介は辞退した。卜伝のお墨付きがあれば、有力大名の仕官が叶うというのにである。卜伝は、内弟子をあまりとらなかった。免許皆伝につながるような人物しか認めなかったからだった。

内弟子の一人に足利義輝がいた。惣之介は立ち会わせてもらえなかったが、見事なまでの剣の使い手だった。

惣之介が忍びとの関わりを持ったのは、卜伝の屋敷に出入りしていたときだった。忍びの掟、忍びの武器、忍びの暮らしなどの情報を得ることができたが、その中に狼煙の話もあった。狼煙を使った情報伝達には、いろいろな決まりが事細かに決められていて、色の使い分けもあった。特に赤色は、作戦の変更を意味することが多かった。

惣之介は、苦笑するしかなかった。丸子船に乗り合わせたのが、大名、忍び、それから、公家だったからだ。それぞれの事情を確認したわけではなかったが、惣之介はそのように合点した。もしかすると、船頭もそのように思っているのかもしれなかった。見ず知らずの他人だったとしても、惣之介を龍竹の用心棒だと考えているかもしれなかった。

ただ、龍竹はそのように考えていないようだった。凄腕の侍が偶然船に乗っていて、命拾いしたくらいにしか考えていないようだった。その証拠に、惣之介の剣がいずれの流派なのかなどの関心を、全く示していなかった。一城の主を経験している者なら、剣の達人と呼ばれている名前を一人や二人挙げていてもおかしくはなかった。

一行が長浜港に着いたのは、それから間もなくしてのことだった。

「お供仕る」

下船しておどおどしている龍竹に、惣之介が言った。

「そうか。それは、有り難い。儂は那古野へ行くのだが、どう行けばよいかの」

同行者を得て、龍竹は気持ちが楽になった。それも、ただの同行者ではなかった。数人の荒くれ者に挑まれても退けられるほどの男なのだ。

「まずは、彦根へ向かいましょう。それから、関ヶ原、大垣を通り、那古野を目指すのが最善かと思います」

惣之介が、軍師のように作戦を披露した。

長浜（今浜）の城の起源は、婆娑羅《ばさら》大名の佐々木道誉《どうよ》が出城を築いたからとされるが、軍事的にみても、経済的にみても東近江の要衝に違いなかった。

二人が手狭な城下町を抜けて米原宿に差し掛かったときだった。「旦さん」と声をかける者がいた。惣之介の後から続いていた龍竹が振り返ってみても、すぐに誰なのか分からなかった。

「旦さん、思い出してもらわんと」

野良着の姿の男が、頬かむりを外しながら言った。

「もしかして、お前は船頭の……」

龍竹は、疲れも忘れて笑顔になった。先頃別れたばかりの船頭が、今度は野良着姿で立っていたからだった。しかも、馬の手綱まで握っていた。

「一体、船はどうしたのだ」

元気を取り戻した龍竹が、尋ねた。

「これも、仕事のうちですわ」

「状況が、変わったようだ」

惣之介が、二、三歩戻ってきて、口をはさんだ。

「そやけど、彦根では血眼になって探している風ではないんや」

「兎に角、先を急ごう」

惣之介が、そう言って歩き出した。自分の役割は、龍竹を尾張の光明寺まで無事に送り届けることと、覚悟を新たにしたようだった。

米原から彦根までは約一里半だったが、追っ手のことを考えると、出来るだけ那古野近くに歩を進めておきたかった。たとえ、彦根城下でそのような者たちを見かけなかったとしても、あの荒くれ者どもがこのまま引き下がるとは、考えられなかった。

「お侍様、中山道の方は、どないやろ」

馬子になった船頭が、惣之介の背に声をかけた。

「少し遠回りだが、その方がよいかもしれぬ」

惣之介が、馬子の方へ振り返り、ニヤリと笑った。米原の鳥居本宿は中山道の宿場町の一つで、そこを経由して関ヶ原方面を目指すのが得策のような気がした。

一行は、鳥居本宿から番場宿へと向かった。番場宿からは、醒井宿、柏原宿、今須宿、関ヶ原宿へと続く。

一行が、柏原宿を通過して、今須宿へと向かっていた時だった。十人ほどの野武士集団に囲まれてしまった。行く手を阻まれた一行は、脇道へ追い込まれ、馬上からの攻撃に備えなければならなかった。

龍竹は、手綱を馬子に渡すと、林の中へ身を潜めた。その方が、惣之介や馬子が戦いやすいと考えたからだった。けれども、野武士集団は二手に分かれ、惣之介と馬子に襲い掛かる作戦に出た。

野武士集団は一行の情報を得ているとみえ、惣之介が相当の剣の使い手なのを知って対応しているようだった。そのため、深く切り込んで一撃を与える戦法ではなく、龍竹から出来るだけ遠ざけておく作戦のようだった。

「ムササビではねえか」

馬子と組みあっていた一人が、小声で叫んだ。

「お前は……」

馬子は、息を呑んだ。取り組んだ相手が、伊賀の幼馴染だったからだった。

二人が交わした会話は、たったそれだけだった。それは、伊賀の出であればあり得ることだった。依頼主が敵同士だったとしても、一度引き受ければ依頼主のために働くのが、伊賀者の心意気だった。

小半時ほど小競り合いが続いた後、惣之介が相手の馬を一頭奪うことに成功した。そして、そのまま騎乗したかと思うや、巧みに手綱を操り、龍竹に馬に乗って逃げるように合図した。

惣之介は、おどおどしている龍竹を見て歯痒かった。野武士集団で騎乗しているのが二人だけという今が、絶好の機会なのだ。惣之介は、龍竹が乗った馬に思いっきり鞭を飛ばした。

「逃げたぞー」

野武士の一人が、叫んだ。しかし、行く手を阻んだのが惣之介だったので、すぐさま追走することが出来なかった。

龍竹が馬で逃げたのを見て、馬子も馬に乗って追いかけた。馬子は、戦っている時から野武士の馬を蹴散らすことを怠らなかったので、惣之助とともに馬を奪って追いかけることが出来た。

そのころ、窮地を脱した龍竹は、ただひたすらどことも知れぬ道を駆けていた。ただ、馬も疲れたと見え、足の運びは甚だ遅かった。既に、夜はとっぷりとくれ、月明かりだけが頼りになっていた。

「旦さん、ご無事だったんですね」

龍竹が、川岸でぐったりしていると、どこからか馬子の声がした。

「おお」

龍竹は、心強い味方を得て、生き返ったようだった。どことも知れぬ場所でさらし首が入った箱と時を過ごすのは、想像を超えた恐ろしさがあった。

「お前、一人か」

馬子が馬から降りると、龍竹が顔を曇らせて尋ねた。

「今にやってきます」

惣之介がやってきたのは、それから間もなくのことだった。袖の一部こそ切り裂かれていたが、大勢を相手にした割には、被害は少ないようだった。

「ここは、揖斐川です。ひと休みしたら、長良川を渡っておきましょう。その方が、安全のような気がします」

惣之介が、土地勘があるようなことを言った。予定では、関ヶ原宿か垂井宿辺りで一泊して、一宮を通って那古野へ入ることになっていたが、野武士集団の襲撃で変更せざるを得なくなった。

翌朝、一行は夜明けとともに那古野城下を目指した。

「水浴びをしたら、気持ちがよいのう」

馬上に戻った龍竹が、言った。

「ほんまですわ。そやけどいいのかね、先生は」

と、馬子の弥助が続いた。昨夜の活躍で素性を明かさざるを得なくなった弥助は、伊賀の出で丸子船の船頭をしながら情報収集をしていた。ところが、伊賀から龍竹を守るようにと命令があったので、任務の遂行にあたったのだった。

「誰か、来る。急がんと」

馬の嘶《いなな》きを聞いて、弥助は馬の腹を蹴った。

木曽川を渡り切り、清洲の町が近くなってきたところで、一行は再び野武士軍団に囲まれてしまった。甚目寺《じもくじ》町《ちょう》は、目と鼻の先だったが、肝心の龍竹が疲労困憊で、馬から転げ落ちてしまう有様だった。

「旦さん、もう少しだわ」

弥助が、龍竹の脇を抱えて立ち上がらせた。けれども、包囲網の一角を切り崩さなければ、前進はままならなかった。

「向こうの路地へ」

惣之介が、弥助に囁いた。すると、弥助はすぐさま動いた。周りにいる者たちが唖然としている間に屋根に駆け上がると、瓦を手裏剣のように敵に投げつけ、龍竹を小路へと向かわせたのだった。その動作があまりにも素早かったので、龍竹に手出しする者はいなかった。

小路に逃げ込んでも、龍竹の歩みは遅かった。惣之介が後ろの敵を食い止めている間は前進できたが、自力では少しも前進できないような状態だった。惣之介は、次の辻あたりが勝敗の分岐点になると考えていた。敵が先回りをして戦力の大半を当てることにでもなれば、相当の体力を使わなければならず、龍竹の護衛に支障をきたすことになるからだった。

次の辻に差し掛かったとき、恐れていたことが起きてしまった。敵が、前方に多くの戦力を回していたからだった。弥助も得意技の瓦投げが使えなくなってしまったので手を拱《こまぬ》くだけだったが、惣之介に促されて土煙の術を使ってみることにした。

弥助は、激しく動いて土煙を舞い上がらせた。それは、前方の敵も目を覆わなければならないほどの土埃だった。そして、弥助に抱えられた龍竹が次の小路へと逃れた。

惣之介も二人に続いた。次の小路へ入ることが出来れば、再び有利な戦いができると期待して走った。ところが、

「旦さん」

と呼ぶ弥助の悲痛な声が聞こえてきた。

龍竹が、甚目寺の町中に入ったのに気づいて走り出してしまったのだ。確かに光明寺のすぐ近くには来ていたが、何が起こるか分からなかった。

それを見た野武士集団が、牙をむいた。それまでは、一行を疲れさせる作戦のようだったが、隊列を乱した軍の脆さを知っているかのように襲いかかったのだった。

弥助は、屋根に駆け上ると、瓦を投げて敵を翻弄しようとしたが、龍竹の速さについてゆけず、断念しなければならなかった。

「開門、かいもーん」

龍竹は、光明寺の門の前に立つと、ありったけの力を込めて門を叩いた。けれども、門の中からは何一つ応答はなかった。

「かいもーん」

龍竹は、門によりかかったまま、小刻みに拳を叩き続けていたが、そのまま崩れ落ちてしまった。

「諦めて、その箱を渡せ」

野武士集団の頭目が、龍竹の首筋に刀を押し当てて言った。

龍竹は、逡巡したものの、自分の命を投げ捨ててまで四角い箱を守ろうとは考えていなかった。そのため、頭目の言葉に逆らうことなく、四角い箱を差し出そうとした。

「お待ちなさい」

門の中から鋭い声がして、扉が開いた。

「もう、用は済んだ。者ども、引き上げるぞー」

四角い箱を鷲づかみにした頭目が、勝ち誇ったように叫んだ。

「御仏の門前ですぞ、私の供養が済んだら、好きにしたらよかろう。さもなければ、祟りがあるかもしれませんぞ」

住職が、突き刺さるような声を発した。

すると、頭目が憮然とした体で住職の前へ進み出た。それから、徐《おもむろ》に背中の長刀を抜いて、

「変なまねをすれば、その首をはねる」

と、脅した。

「構わぬ」

と言って、住職は箱を受け取りお経をあげた。それから、風呂敷包みから箱を取り出し、さらし首の入った白い布を解いた。

「ああ、これは」

血塗られた白い布から出てきたものを見て、住職はもんどりうって倒れた。

「引き上げるぞー」

その様子を見ていた頭目が、叫んだ。

惣之介と弥助は、少し離れたところから固唾を呑んで見守っていた。そして、野武士集団がそ

の場を離れると、一目散に駆けだした。

「これは、もしかして」

惣之介が、白い布の中身を見て、唖然として言った。

「こりゃー、夕顔ですわ」

と、弥助。血のようなものにまみれてはいたが、紛れもなく畑の夕顔だった。

「何をぬかすか、どれっ」

首をはねると脅されて動転していた龍竹が、ふらふらと立ち上がった。それから、さらし首の正体を確かめて、

「まさしく……」

と、か細い声で言った。

龍竹、惣之介、弥助は、それぞれの思いは違っていたが、目的を達成した充実感を持っていた。さらし首が誰の首で、今どうなっているのかなどは、どうでもよいことだった。

惣之介は龍竹を無事に光明寺に届けたことで、弥助はそれを見届けたことで一仕事終えた。琵琶湖では不意打ちをかけられ、今須では騎馬攻撃にあい、甚目寺町に入ってからは、命さながらの逃走劇を繰り広げたのだった。

「旦さん、京までは行けへんけど、琵琶湖までならお供します」

弥助が、龍竹に尋ねた。

「おみゃーさん、元気だね。すぐに、まわしをして行こう」

龍竹が、おどけてみせた。那古野城は気になったが、そこには固い決別の念があった。

「お侍さんは?」

弥助が、惣之介に向かって尋ねた。

「儂は、駿府まで足を延ばそうと思っている」

と言って龍竹に一礼すると、引き返すように歩き出した。

城下町へと向かう惣之介の姿は、一つ目の辻で消えた。惣之助が去って間もなくすると、龍竹と弥助も歩き始めた。こちらは、三つ目の辻まで進んで、左へ進路をとった。多分に中山道を意識しているようだった。

龍竹、惣之助、弥助が姿を消すと、竹箒をもって門前を掃き清める小僧がいた。年の頃は十歳に届いていないようだったが、小柄な割には顔に年輪を刻ませたような子供だった。

名前は日吉といい、家は半里ほど離れたところにあった。父の木下弥右衛門が、戦で負傷した傷がもとで亡くなったので、見習い修行をすることになったのだ。

二　我田引水

もやもやとした時代は、どこもかしこもが不安定だった。朝廷や将軍家は勿論のこと、大名や農民に至るまで時代に翻弄されていた。

そんな中にあって、畠山義就《よしひろ》もまた不安定の中で息づいている一人だった。一四四八年（文安五年）、畠山持国《もちくに》の後継者となり家督を継承した義就だったが、家督争いが勃発した。義就の生母があまりにも身分が低い人だったので、反発した多くの家臣が持富（持国の実弟）の子弥三郎を担ぎ出したのだった。この畠山家の家督争いが、細川勝元や山名宗全をも巻き込み「応仁の乱」へと突き進む一因になった。

家督争いに敗れて都を離れていた畠山義就は、細川勝元と対立するようになった山名宗全と与して都へ復帰することが出来た。しかし、細川勝元を破ったからといっても、勝元を崩壊させたわけではなかった。

そんな折、将軍家でも争い事が起きた。籤《くじ》引き将軍と呼ばれ、「万人恐怖」で名高い六代将軍足利義教が、赤松満祐によって暗殺されてしまった。そのため、七代将軍は嫡子義勝に決まったが、就任一年足らずで早逝してしまったために、新たな将軍を決めなければならなかった。将軍は義勝の弟である七歳の義政に落ち着いたが、「応仁の乱」へ向かっての更なる加速の始まりだった。

将軍義政が、畠山家の家督争いに不満を募らせる山名宗全を但馬国に隠居させると、はかったように畠山義就は軍勢を引き連れて都に入った。将軍義政が義就への家督相続を認めておきながら、細川勝元から反対されると反故にしたからだった。

将軍義政の判断は、目まぐるしく変わるようになっていた。一四六七年（応仁元年）、将軍義政は恒例だった畠山政長邸への御成りを取り止め、室町第に畠山義就を招いたのだった。それだけでも、細川勝元や畠山政長にとっては打撃だったが、山名宗全邸で行われた宴に出席して義就・宗全への旗幟を鮮明にしたのだ。そのため、戦いが始まると、政長は見せかけの自害をして逃走するしかなかった。

幕府中枢から排除された細川勝元は、したたかだった。畠山政長、斯波義敏、京極持清などの顔ぶれを揃え、東軍の大将として戦場へ赴いたのだ。対する西軍の陣容は、斯波義廉《よしかど》、山名氏、大内政弘。勿論、畠山義就も名を連ねた。

細川勝元を非難し、畠山義就に協力的だった将軍義政だったが、和睦が見通せないとなると、御旗を東軍に下した。何とか自分の手で戦を収めようとしてのことだったが、両軍引く気配はなかった。

勝敗はつくことなく、膠着状態が続いた。すると、どこからともなく漂いだすのが厭戦気分だった。山名宗全が切腹したいと言い出したり、細川勝元が隠居したり、将軍義政までもが引退してしまった。

それでも、不屈の男畠山義就は戦い続けた。そして、到頭、河内の国を手中にしたのだった。義就が手にしたのは河内の国だけだったが、足軽にも給料を払うなどの独自の政策を行った。

「応仁の乱」は、一四七七年勝敗がつかないまま西軍が解体して終息した。畠山義就の戦いはそれからも続いたが、一四八五年（文明八年）以降、幕府の追討令は実行されることがなかった。


「母上、何か変化はありましたか」

「相も変わらずです。このままでは、戦乱の世はまだ続きますよ」

「三好長慶《ながよし》は、どうなりましたか」

「今のところ運気は一番良いのですが、頭が閊《つか》えているのが、気になります」

「晴元ですね」

「そうです、細川晴元です。その晴元が将軍家と敵対関係にあるのですから、少しばかりの運気では……」

母上と呼ばれた女性は、人の気配を感じて言葉を切った。すると、

「用意が、整いました」

廊下の方で、若い女の声がした。

「そうですか。今、参ります」

やがて、母上と呼ばれていた女性が戻ってきた。

「如何でしたか」

「都は、まだまだ落ち着かないようです」

「公家の中には、荘園の方へと転居する者も多いと聞きましたが……。母上は、六条家を頼らなくてもよろしいのですか」

「惣之介、あなたなら何とします」

「私なら柵《しがらみ》にとらわれることなく、生きてみたいと思っています。ただ、母上はれっきとした六条家の出、そちらの道もあろうかと」

惣之介は、胸襟を開いて述べた。

惣之介は、龍竹を無事に那古野まで送り届けてから、美濃や甲斐まで足を延ばした後、京都の母のもとへ寄ったのだった。

惣之介の母の名は、六条常子。夫岡田惣蔵と死別すると、岡田には残らず六条家へ戻ったが、親と同居することなく粗末な庵で暮らし始めたのだった。

常子は、幼少の頃から霊感が強く、占いに長けた子供だった。人前で占うことはしなかったが、両親を驚かせたのは、一度や二度ではなかった。

戦乱の世は、将軍の嫡子といえども将軍職が約束されてはいなかった。足利義晴は十一代将軍足利義澄の嫡子だったが、播磨で養育されていた。

そのような状況下で常子の占いが行われた。その結果、義晴の養育にあたっていた赤松義村の死を予言したのだった。予言の直後は何も起こらなかったが、五か月後赤松義村は謀殺された。

驚いた常子の両親は、常子に占いをしないように説得したが、常子が受け入れることはなかった。そこで、常子の両親は内々で行うように懇願したのだった。占術の達人ともなれば、いずこの城主もこぞって引き抜きにかかることが予想されたからだった。占いが、そのまま戦術に反映されることはなかったが、その吉凶は少なからず大将の判断に影響を及ぼした。

「あなたは、甲斐や美濃にも行ってきたのでしょう。どうでしたか」

常子が、湯呑を引き寄せながら尋ねた。

「はい。甲斐は、着々と領内を固めているようです。重臣たちがまとまって晴信（武田信玄）を推しているので、いずれ大きな戦をするのではないかと思います」

「駿河へ追放された父信虎は、どうしていますか」

「息子というよりも重臣たちによって追放されたことが相当堪えたと見え、神妙にしているようです」

「それでは、美濃は？」

「美濃は、おかしなことになっています。事実上の美濃の国主は斎藤利政（道三）ですが、敵同士だったはずの土岐頼芸《よりなり》と土岐頼純《よりずみ》が連携して反撃しているのです」

「頼純は、頼芸と利政によって追放されたのでしょう。それでは、美濃も安定しないでしょうね」

「たとえ、連合軍が勝利したとしても、後が大変でしょう。頼芸の織田勢と頼純の朝倉勢との一戦は、不可避でしょうから」

「ところで、惣之介。旅すがら、何か変わったことはありませんでしたか」

「そう言われてみれば、サルそっくりの小坊主を見かけました」

と言った惣之介の顔が崩れた。門前で箱の中身が夕顔だと分かった時の箒を持った小坊主の顔を思い出したからだった。

「そんなに似ていたのですか。でも、サルに似ていただけでは、論外です。私が探しているのは、戦乱の世を終わらせるお人なのですから」

と、常子が背筋を伸ばして言った。

人々は、戦に辟易としていた。南北に分かれて権力の座を争う朝廷に、親兄弟が姻戚を巻き込んでいがみ合う将軍家に、縄張りを拡大するために殺戮を繰り返す大名にも飽いていた。

京都の片隅にある竹林に庵を構える常子も、戦乱の世を終わらせたいと考えている一人だった。

常子が考えていたのは、救世主の存在だった。承久の乱以降、世の中は至るところで綻びをさらけ出し、それを収束させる手だてがない状態だった。

このような戦乱の世が、永遠に続いてよいわけがなかった。まず、思いつくのが意思統一された朝廷の存在だったが、管領家の息のかかった閨閥があって、期待することはできなかった。次に思いつくのが将軍家だったが、こちらはもっと複雑になっていて、期待できなかった。

第十二代足利将軍になった義晴の政権基盤は、決して盤石なものではなかった。それは、同族の細川高国と細川晴元が、敵対関係にあったからだった。同族での敵対関係は、他の管領家でもあった。

畠山家では、総州家と尾州家に分かれて対立が続いていた。また、斯波家では、家督争いを続けてきた義敏派と義廉派が、いずれの存続も危ぶまれる状態になっていた。

それらは、命令系統が複雑になったために起こったことだった。古くは朝廷、管領家、守護、大名と一本化していた命令系統が、それぞれが分裂したために戦利品を独り占めできるようになった。そのため、守護代や国人たちが力をつけた一方で、将軍や守護の力が衰退してしまっていた。

大名は、己の領土支配のために、戦力の増強を余儀なくされた。朝廷や将軍家に力があった時には相談することが出来たが、弱体化してしまったので自分で守るしかなかった。

常子の思いも、そんなところにあった。戦乱の世を鎮めるには、大名による統一しかないように思われた。ただ、大名による統一とはいっても、簡単なことではなかった。個々の大名が、己の領国を守ることに齷齪《あくせく》しているからだった。

一方、権力を失った朝廷も生き抜くために必死だった。また、将軍家も威厳を保つために卑劣な行動に走った。そして、大名をも合わせた三つ巴の戦いが延々と続くことになったのである。

常子は、まだあると思った。土一揆や一向一揆は、どうするのだろうかと思った。力を結集した農民や武装化した一向宗徒、それに、堺には商人の軍隊がいた。これらの諸問題を突破できるだけの人間が出現しなければ、太平の世は来ないだろうと思った。

「それにしても、三好長慶は大した男です。ただ、私が見たところ、つむじ風を五つか六つまとめたに過ぎない。各地で吹き荒れているつむじ風を打ち砕くには、何十もの渦巻きが必要となるでしょう。いま私が、狙いを定めている男が、五人おります。先ずは、何と言っても三好長慶です。それと、大うつけの織田信長と苦労人の竹千代。残る二人は、今川義元と明智光秀です」

常子はそこまで言って、惣之介が口を開くのを待った。

「母上、それでは、侍大将を四人並べただけではないですか。それに、明智何某とは、誰ですか」

常子から意外性のない名前を聞かされて、惣之介は慌てた。

「戦乱の世は、和睦の繰り返しだけでは収束できません。勝者と敗者の区別が必要です。それには、非情なまでの行動がとれるかどうかが試されます」

「戦が強い甲斐の武田や安芸の毛利は、どうなのですか」

「肝心なのは、朝廷や将軍家を気にせず、頂点に立つ気概があるかどうかということです」

と常子は言って、薄い唇をきりりと結び惣之介を睨んだ。それは、この場での既得権益の持ち出しは不要と言っているようなものだった。

「四人の侍大将には、それができると」

「長慶には、越えなければならない二人の主がいます。将軍足利義晴と細川晴元です。ただ、晴元は父の仇ですから、いつか牙をむく時がやってくるはずです。また、将軍義晴は晴元の政敵ですから、倒す機会はいくらでもあるでしょう。今川義元は、問題外です。知恵袋の太原崇孚《たいげんそうふ》が、どう動くかです。可能性を秘めているのが信長と竹千代ですが、二人とも尋常ではありません。特に、信長はやりたい放題です。家臣の誰一人として理解できる者はいません。ですから、とっくの昔に終わっていなければならないのですが、今も明るく輝いています。また、竹千代も輝きを失っていません。しぶとく生き残っています」

と、常子は柵が少ないことに触れた。

「灯が、絶えていないと……。それでは、大将でもない光秀は、どうして」

惣之介は、常子の説明を全て合点しているわけではなかった。

「光秀は秀でた者だと聞き及んでいますが、主に恵まれないとのことです。土岐頼純のもとにおるそうじゃが、きっかけがあれば変異するかもしれないのです。ただ、平時なら教養が邪魔をするということはないでしょうが、戦乱の世ですから迷いは禁物です」

どこから情報を得ているのか、名もない者の名前まで上げて、涼しげな顔をしている常子だった。

「それでは、そなたの考えを聞きましょうか」

折角立ち寄ってくれた惣之介の考えを聞かなければならないと思ったのか、常子の顔が少しだけ和らいだ。

「私は、まだ修行の身。母上のように戦乱の世を俯瞰するような眼を持ち合わせてはおりませぬ」

と謙遜していると、常子が鋭く突っ込んだ。

「そなた、いくつになってそのようなことを言っているのですか。世が世なら、朝廷を再建すべく旗頭になって、奮闘していてもおかしくないのですよ」

と六条の姫が、舌鋒鋭く言い放った。確かに、六条家は堂上家という家柄で、殿上する資格があった。

「母上、それだけはご容赦ください。世を乱した一因が朝廷にあるのはお分かりでしょう。私など出る幕などありません」

惣之介は、常子が悲しむ顔など見たくはなかったが、毅然として言った。

「そうでしたね」

言ってはいけないと思っていたようで、視線を膝の方へ落とした。

「先程、母上は太占《ふとまに》の結果を見てきたのでしょう。都はまだ落ち着かないと話していましたが、五人の吉凶は如何だったのでしょうか」

惣之介は、常子の悲しげな顔を見るのが嫌だったので、常子の好きな太占に話題を変えてみた。

「今川の光の強さが、少し弱いように感じましたよ」

常子が、視線を戻して答えた。

「もし、もしですよ。今川の大軍が西へ進めばどうなりますか」

「松平は、従わざるを得ないでしょうねえ。そして、織田は敵対して戦うしかない。黙って見過ごすということは、臣下に成り下がったも同然。ただ、戦ったとしても勝ち目はありません。多勢に無勢ですから」

「今川が、都に入った場合、将軍との関係はどうなるとお思いですか」

「今川は、将軍の座を欲してはいないと思います。ですから、要求しても管領職。太原崇孚が目論んだとしても、そこまでだと思います」

「それでは、何も変わらないのではないですか。崇孚は、六十歳でしょう。今川義元に管領職を務めるだけの器量はあるのでしょうか」

「私は、ないと思います」

「それじゃ、今川を五人から除外すべきです。何ら価値のないサルを加えた方が、余程ましです」

惣之介には、やり場のない怒りが込み上げてきた。

「そうしましょう。サルを加えましょう。次は、サルを加えた太占をしてみますよ」

自棄になったように発言した常子だったが、悪い気分にはならなかった。かえって、惣之介がこのような発想を待っていたのが、不思議なようだった。

「母上、また京を離れますが、何かお望みのことはありませぬか」

惣之介が、座りなおして尋ねた。

「美濃へ行くことがあったら、光秀の様子を見てきてください。ついでに、サルも頼みましたよ」

と言って、常子が口元を手で抑えた。

「サルは、もう寺にはいなかったんです。でも、探すのはそんなに面倒なことではないでしょう」

「そうですか」

惣之介は、立ち上がると玄関へと向かった。廊下からは手入れの行き届いた庭がよく見えた。細い流れが苔石の間から顔を出しているさまは、どこか山水のようでいて趣を異にしていた。

玄関で草履をはいた惣之介は、丁寧に一礼した。見送りに出てきた常子は、部屋とは違って変にかしこまり、子供の心配をしている母のようでもあり、後に控えている者への配慮をしているようでもあった。

暫くは、風の調べを聴きながら竹林の中を歩いた。日光を遮るほどに成長した竹林は、長身を大きく揺らすこともなく、ただ、笹をなびかせるだけだった。

惣之介は、世の中もこの竹林のようにあればよいと思った。戦乱の世をはたから見ていると、根を同じくしながらも、争いが絶えない人の世が恨めしくさえ思えてくるのだった。

それにしても、三好はよくまとまっていると、惣之介は思った。山城国下五郡の守護代であった三好元長は、主君である細川晴元の策略によって殺害された。死に追いやられたのは、晴元が功労者であるはずの元長を恐れたからだった。晴元は、同じように元長を妬む勢力と結託して、一向一揆をも加担させて殺害したのだった。

長慶が家督を継いだのは、弱冠十歳の時だった。長慶は年齢こそ十歳だったが、聡明で冷静沈着な人物だった。十一歳の時、晴元が手に負えなくなっていた一向一揆との和睦を周旋してのけたのだった。さらに驚くべきは、翌年晴元と三好政長の軍と戦って和睦すると、晴元の下へ帰参したのだ。

三好は、細川家が細川澄元派と細川高国派に分裂した時、三好元長派と三好政長派に分裂した。両派とも澄元の跡を継いだ晴元の配下だったが、元長の勢力が増大したことを嫉んだ晴元が、政長らと謀って元長を殺害してしまった。しかし、弱体化させるための謀略だったが、長慶の下での団結をより強固にしてしまった。

長慶には、力強い味方があった。次男の三好実休、三男の安宅冬康、四男の十河一存が、いついかなる時にも合力するようになっていた。

竹林の出口に近づいた惣之介は、美濃へ行こうと考えた。美濃の志津で依頼していた刀を受け取ってから旅をした方が、効率が良いと考えてのことだった。

美濃の刀匠の下へ足を運ぶのは三度目のことだったが、惣之介が特別に依頼するのにはわけがあった。鹿島神流の使い手で剣聖と言われた塚原卜伝から「一之太刀」を伝授されたのは足利義輝と北畠具教の二人だけだったが、惣之介もその域には達してはいた。けれども、惣之介は伝授の話を拒否するかのように、塚原卜伝の前から姿を消したのだった。伝授されたとなれば引く手あまたになることくらいのことは知ってはいたが、朝廷や将軍家には召し抱えられたくなかった。

それよりも、束縛されない立場で、戦乱の世がどのように収斂されてゆくのか見とどけたかった。それは、母常子と似たような思いだったが、常子よりも現場に踏み込んだところで見ようと思った。

現場は危険と隣り合わせになることが多かったので、護身する意味で剣術の上達は不可避だった。常子は情報を集め、鹿の骨を焼く太占などの占術で見極めようとしていたが、惣之介は自分の目で時代の主役たちを見ておきたかった。

惣之介は、依頼した通りの刀に仕上がったのか期待を膨らませた。一つは刃先の部分を五分ほど増やすこと、今一つは、刃文をできるだけ同じ文様の繰り返しにしてもらうことだった。切先は、「素延べ」した後で、先端を斜めに切って成形するのだが、通常より長めにするには、「甲伏せ」の段階で一工夫しなければならなかった。また、刃文は「焼き入れ」で決まるが、同じ文様となると、「焼刃土」の塗り方が問題だった。文様は、「焼刃土」を塗る厚さによって決まるのだが、試行錯誤しなければならないと言われていた。

夢一杯の惣之介の旅が、始まった。遠方への旅だというのに着流し姿。先ずは、大津港から彦根港まで丸子船で行き、彦根からは中山道を気ままに旅をすればよかった。龍竹や弥助と一緒だった時には、今須辺りで那古野方面へ舵を切ったが、今回は今須から関ヶ原宿へと進んで、美濃を目指せばよかった。

惣之介が美濃へ旅立って間もなくした頃、竹林の奥の庵に二つの情報がもたらされた。その一つ目は、細川高国派の上野元全に呼応して細川氏綱が挙兵したのを見て、細川晴元が出陣したというものだった。両軍は、山城宇治田原で戦っていて、長慶が参戦している晴元陣営が有利とのことだった。

二つ目は、一向一揆の情報だった。越前では一向一揆が頻発していて、六条家の荘園の安全が危惧されていたが、一向一揆の犠牲になってしまったというものだった。荘園は公家にとって大切な収入源だったが、それを失うことになってしまった。

常子は、六条家ではどうするのだろうと思った。荘園は、他にもあるというものの、蓄えがない今となっては、奉公人を減らしたり、荘園のある現地に赴いて管理をしたりという選択肢しか残っていないように思われた。

「タカを呼んでください」

何を思ったのか、常子がメイを呼んで言いつけた。メイは、常子が岡田へ嫁ぐ前からの付き人だった。六条家で働くようになってから長い年月が経つが、常子一筋に忠義を尽くそうとしていた。

「この文を堺の今井宗久殿のところへ届けてくれぬか」

タカが常子の前でかしこまると、常子が墨の匂いのする文を差し出して、そう言った。

常子が、六条家の両親のために一肌脱ぎたいと思ったのは、少し前のことだった。一向一揆のために六条家が窮するのではと考えた常子は、少々の蓄えはあったが、全てを安定させるだけの額ではなかった。

そこで、常子は再三棚上げにしていた今井宗久からの依頼を、受けることにしたのだった。今井宗久は、堺においても人望が厚く、戦を回避したい側の人物だった。

宗久の狙いは、どこにあるのだろうかと、常子は思案した。そして、あるとすれば朝廷なのではないかと結論づけた。

この戦乱の世で財を成すにはしたたかさが必要だが、宗久は連歌や茶の湯を嗜む一方で、皮製品や甲冑などの材料を全国へ販売していた。そのため、大名たちの中には、顔馴染みが大勢いた。

力のない六条家に何を期待しているのだろうと考えて、常子は止めた。今は、鹿の肩甲骨で太占を行い、謝礼を受け取るだけでよいではないかと、割り切ったようだった。

三　丁稚奉公

「店の前を掃いたら、早くご飯をお食べ」

「はーい」

日吉が、眠い目をこすりながら答えた。返事は元気よくはっきりとするように言われていたので、それだけは守ろうと思っていた。

日吉が布屋に勤めるようになったのは、三か月ほど前のことだった。それまでは、在所の中村から半里ほどある寺で小坊主をしていたが、悪戯が過ぎたために住職の怒りをかって辞めさせられたのだった。

小坊主になったのは、父の木下弥右衛門が亡くなったからだったが、日吉にとって小坊主は性に合わなかった。そのため、修行に身が入らず、悪戯ばかりしていた。ある日、日吉は到頭本堂の木魚と香炉を持ち出してしまった。そして、あろうことか、境内で払子《ほっす》を振り回して遊んでいるのを住職に見られ、追い出されてしまった。

実家へ戻った日吉だったが、母のなかが再婚していたので、寺へ行く前とでは雰囲気が変わっていた。それに、義父の竹阿弥とは相性がよさそうもなかった。

その気まずさをいち早く感じ取ったなかが動いた。織田信秀の足軽だった前夫が、怪我で働けなくなったことを悔やんでいたので、日吉には商人になって欲しいと思っていたからだった。なかは、那古野城下で布屋を営んでいる人に奉公の話を持ち掛けてみた。すると、布屋の女房が好意的に受け入れてくれたのだった。

日吉が住み込みで奉公する布屋は、女房が一人で店番をしている小さな店だった。店の主人は、布の仕入れをするために京都方面へよく出向いていたので、店を留守にすることが多かった。

「日吉どん、子守をしておくれ」

日吉が、食事を済ませ寛ごうとしていると、女主人が言った。

「はい」

日吉は、仕事を言いつけられるのはあまり好きではなかったが、食事に満足していたこともあって、元気な返事をすることが出来た。それに、布屋で何年か頑張ってみようという気持ちが芽生えていた。

布屋の食事は、一日三食でおかわりが出来た。おかわりはお櫃に残りがあるときだけだったが、日吉には満足できることだった。精米が食べられるのは一日に一度だけ、後の二回は混ぜ物だった。米と麦だったり、米と粟や稗だった。その他には、みそ汁と漬物が出されることが多かった。

「日吉どん、店を開けておくれ」

洗濯を済ませた女主人が、言った。

小柄な日吉は、よく機転が利く子供だった。それに、一度言われたことは繰り返し繰り返して覚えてしまう性だったので、忘れることはなかった。店を開ける時には棚を店頭に出して、品物を数点並べておくように言われていた。けれども、日吉は同じ品物を並べることはしなかった。自分でも何故そのようにするのか分かっていなかったが、客が見たら楽しいだろうと思ってしたことだった。

「日吉どん、この子をお願い」

乳房を衣服の中にしまいながら、女主人が言った。

日吉は、手拭いで子守被りをすると、赤子を背負い外へ出た。店の裏手にある神社には、誰にも邪魔されない自由な空間があった。

日吉は、参道にある手水を口に含んでから拝殿へと進み、鈴緒をカラカラと鳴らした。そして、「早く、侍になれますように」と、お願いした。侍になる夢は、亡父弥右衛門と約束したことだった。弥右衛門は足軽だったが、日吉は身分のある家来衆にまで出世できればと考えていた。ただの足軽では、家族を養っていくことが出来なかった。

「やっとかめやな」

日吉が鳥居の石に腰を掛けて休んでいると、米屋で丁稚奉公している久助がやってきて、声をかけた。やっとかめ（八十日目）とは、美濃弁で久しぶりという意味だ。久助が丁稚奉公している店は、同じ通りの老舗だったが、奉公人が十人以上もいる大店で、美濃出身者が三人ほどいた。

「久助どん、いつまで子守するかね」

日吉が、ふんぞり返って寝ている子供を覗き込みながら尋ねた。

「手代になるまでは、十年かかるんだって」

「そんなに」

「誰か代わりになる人が、いればいいんだけど。大奥様が言うには、俺がおんぶすれば、寝息が聞こえるんだと」

「そうか。でも、米屋はいいよな。腹一杯食えるんだろう」

「いつも三杯は食べられるよ。じゃあ、またね」

久助は、腹がギュウーと鳴ると、思い出したように帰って行った。

「ご苦労さん。ご飯をお食べ」

日吉が、暖簾を潜って店の中に入ると、女主人が奥から出てきて言った。

日吉は、冷めたご飯とたくあんを口に放り込むと、咀嚼した。いつもと違う食べ方をすれば、変化が起きそうな気がしたからだった。口の中では、いつものように飯とたくあんの味が広がるだけだったが、口に残った最後の切れ端をかじると、なんとも言えない感触がした。

昼食を済ませた日吉は、店の片隅で裁鋏を手にすると、裁断の練習に励んだ。

「日吉どん、紙を切ったらダメと言ったでしょう。紙は、木を切るようなものだって」

女主人が、仁王立ちで言った。

「すみません」

つい先日も紙を切って叱られた日吉だった。

しかし、裁鋏で紙を切るとなぜいけないのか、日吉には合点がいかなかった。紙は手で簡単に割くことが出来るが、布は紙より難しかったからだ。それなのに、布よりも紙の方が鋏に悪影響を及ぼすというのだから、理解できなかった。

それにしても、布の裁断は楽しかった。鋏の刃を滑らせただけで布が切れるのだから、刀と同じではないかとさえ思った。日吉は、女主人から針の使い方を習って、端布と端布を縫い合わせてみた。一角《ひとかど》の侍になることを夢見ていた日吉は、褌を作るのではなく、旗指物を作るときのために習得しておこうと考えてのことだった。

その日の夕方にも、日吉は子守を頼まれた。日吉はいつもの神社には行かず、町屋を通り那古野城へと歩いてみた。昼ほどの人通りはなかったが、提灯に火を点す店もあったりして、夜の商いの雰囲気が漂っていた。

日吉が、町屋通りを一周して布屋へ戻ると、夕飯の準備が出来ていた。日吉が、一本の銚子をしげしげと見ていると、

「ご苦労さん」

と店の主が言って、銚子が置かれた膳の前に座った。

「お土産だそうよ。日吉どんも、お食べ」

女主人が、勝手から笹で包まれた大きな餅を持ってきて言った。ただ、その顔には笑みが全くなかった。

敏感な日吉は、父の葬儀を思い出さずにはいられなかった。亭主が帰った時にはありったけの笑顔を振りまいていた女主人に笑顔がないのだから、嫌な予感がした。

「日吉、裁鋏で紙を切ったら駄目だ。そのわけはな、布が草から出来ているのに対して、紙は楮《こうぞ》という木から出来ているからだ。裁鋏は、刀と同じような作りだから、硬いものを切ると、刃こぼれをおこす。だから、紙を切らないと長持ちするんだ」

女主人から聞いていたのだろうか、店の主が日吉の疑問を一気に払拭してくれた。

日吉は、大きな餅を部屋に持ち帰ると、半分だけ食べた。大粒の小豆の甘さが、たまらなくおいしく感じられた。美味しさの余韻に浸っていたい日吉だったが、布団が睡魔を連れてきた。

「あんた、無理しないで」という声が聞こえたような気はしたが、現実なのか夢なのか判然としないままに、眠りに落ちた。

翌日、日吉が起きた時には、店の主は出かけてしまっていた。日吉は幼心にも女主人に笑顔がなかったのは、旅立ちがあったからではなかったかと思った。

主人の姿が無くなっても布屋の毎日は、何事もなかったかのように続いた。商いは細々とでも、何某かの売り上げがあれば食べていけるようだった。

一五四五年も押し迫った日の京都の庵に、岡田惣之介の姿があった。

「そなたは、いつ京に戻ったのじゃ」

常子が、籠の小鳥に餌を与えながら尋ねた。

「一昨日、堺より戻りました」

惣之介はそう言いながら、大切に持参した小箱を差し出した。

「何ですか、これは」

常子が、小箱を指さして興味ありそうに尋ねた。

「種子島に用いる弾です」

と言って、常子に開けてみるように促した。

「ふーむ、これを銃に込めるのですね」

と、常子が楽しそうに続けた。これからの戦には、火縄銃が欠かせないという話を何人もの客人から聞いていて、大名の火縄銃の保有数が戦の勝敗に関わってくるのではと考えていた。

「それで、刀は無事に手に入ったのですか」

常子は、はやる気持ちを抑えて聞いてみた。

「それが、まだだったのです。関の方へ大量の注文があったようで、そちらに何もかも取られてしまっているようです。どこかで戦が始まるのかもしれません」

惣之介が、浮かない顔で言った。

「武田でしょうか」

「武田や上杉ではないと、思います。武田や上杉は、戦がない時でも武器の購入に余念がないと聞いていますから、多分他のどこかでは……」

「北条は、どうでしょう」

「北条は、東に神経をとがらせているようです」

惣之介は、北条の方まで足を延ばしたわけではなかったが、美濃や尾張でつかんだ情報では、事を大きく構えるようなことはないと分析していた。

「ところで、光秀はどうしていますか」

「主が決まらず、難儀しているようです。現在は、斎藤道三のもとにいるようですが、道三と家督を継いだ義龍の仲が悪く、この先どうなるのか見当がつきません」

惣之介は、二人が普通の親子ならと思うと、口が重くならざるを得なかった。

「そうですか。まだ、灯は消えていませんが、難しそうですね。竹千代とて同じではないでしょうか」

「竹千代も、何もありません。ですが母上、どうして五人の名があがったのでしょう。何か理由がおありなのでしょう」

と、惣之介は疑問を投げてみた。三好長慶ならわかるような気もするが、信長にしても大将としての実績はなく、光秀に至っては大将ですらないのだ。

「あなたが疑問視するのは、当然だと思います。でも、太占をするには実名が必要なのです。そこで、私なりに情報を集め、候補者の名前を入れて占ってみたのです。灯がかすかにともったのは、この五人だけでした。足利義晴、武田信玄、上杉謙信にも灯は点かなかったのです」

常子が、選んだ理由を述べた。

「武田や上杉にもつきませんでしたか。勿論、朝倉にもですよね」

「そうです。公家には、誰一人灯が点いた者はおりませんでした。ですから、この戦乱の世は余程のことでもない限り収まりません。そのようなわけですから、灯の点いている者は粗末にできませんぞ、惣之介」

惣之介には、常子の言っていることが理解できたが、彼の者の存在には、合点がゆかなかった。

「彼の者は、どうしていますか」

「サルは、依然としてサルのままでいました。那古野城下の布屋で丁稚奉公をしていました。この辺で、サルを外してみては如何でしょう」

「他の誰かかもしれませんね。一度彼の者を外してみることにしましょう」

と、常子が残念そうに言った。

「矢張り、一番手は三好長慶でしょう。丹波の世木城も落城させたそうではありませんか」

惣之介の発言に熱がこもってきた。

世木城は細川氏綱派が治めていたが、この時氏綱の後援者だった畠山稙長《たねなが》も死去したので、大きな痛手となった。惣之介の熱弁は更に続いた。

「まだ、分かりません。山城宇治田原での戦では、細川晴元軍が細川氏綱軍に勝利しましたが、氏綱側も攻勢に出ようと準備しているに違いありません。ですから、晴元と氏綱が争っているうちはまだ分からないのです」

「本当にその通りです」

と言って、常子は視線を庭へ移した。季節を忘れたかのように紅葉が揺れていたが、師走の趣が損なわれるほどではなかった。

「私が最後に立ち寄ったのは堺でしたが、以前にも増して活気があるように感じられました」

常子の視線を追っていた惣之介が、鹿威しの音を待ってでもいたかのように、口を開いた。

「そうそう、先頃今井宗久殿が、お見えになりました」

「どのようなご用件だったのでしょう」

意外な人の名前を聞いて、惣之介が座り直した。

「次の天下人を占って欲しかったのだと思いますが、戦乱の世が続くとしか申し上げられませんでした」

常子にも宗久の狙いがどの辺にあったのか、見定めることはできなかった。けれども、宗久の平和な世の到来を願う気持ちだけは、理解できたような気がした。

宗久は、金儲けは通常の商いで得るべきもので、戦で蓄財することは良いことだとは思っていないようだった。

「堺では、鉄砲の注文が徐々に増えているということでしたが、高価な割に実用的ではないと考えている大名も多くいるそうです」

「今、一番鉄砲を買っている者は？」

戦の当事者にはなり得ない常子が、身を乗り出して尋ねた。

「織田ではないか、と申す者がおりました」

「織田信秀か」

「いいえ、ご子息の信長です」

大うつけの正体が気になりだした惣之介が、答えた。

「して、鉄砲の製作は」

「今のところ、堺の他には……」

と言って、惣之介は言葉を切った。

惣之介が堺で聞いた情報によると、鉄砲を製造しているると思われるのは、薩摩、紀州の根来《ねごろ》、そして、堺が主だったところだが、薩摩の種子島に座礁した異国人の火縄銃を目にしてから二年以上も経過していたので、堺以外の場所で製造していたとしても不思議ではなかった。

ただ、鉄砲は高価なものなので、技術があればできるという代物ではなかった。鋳造するためには良質の砂鉄が必要だったし、火薬を作るためには硝石もなければならなかった。

不都合なことに、日本では硝石の鉱床が殆どなかったので、輸入するか、成分を含んだ土壌を精製して取り出すしか方法がなかった。そのため、鉄砲を用意するのは容易なことではなかった。

「紀州の根来と近江の国友です。もしかすると、美濃の関でも手掛けているやもしれません」

惣之介が、腕組みを解いて答えた。


年が明けた二月のことだった。

「日吉どん、申し訳ありません。この通りです」

日吉が神社から戻ってくると、女主人が床に額が着かんばかりにして言った。

「どうしたんですか……」

日吉が、子守被りをしたまま尋ねた。

「うちの人が亡くなったんだよ。いや、行方知れずになったみたいなんだ。それで、店を続けられなくなって……。この通り」

「えっ」

日吉は、今までに経験したことのない不安に襲われた。当分の間は、食べることと寝る場所は、心配がいらないと思っていたからだった。

隣の部屋には、女主人の兄がいた。前に何度か会ってはいたが、会話をしたことはなかった。旅装を解いていないところをみると、情報をもたらしたのは兄で、このますぐにでも旅立つのだろうと、日吉は思った。

「日吉どん、何日かは今まで通りだよ。安心おし」

女主人は、日吉にそう言いながら、兄を玄関口へと送った。

日吉が子守被りをして神社へ向かったのは、夕方になってからだった。数日は今まで通りでいいとは言ってくれたが、だんだんその後のことが心配になってきた。

「日吉どん、布屋さん閉めるんだって」

日吉が、石段に腰をかけていると、久助がやってきて声をかけた。

「昼に、言われたんだ。旦那さんが、行方知れずになったんだって」

日吉が、うつむき加減に言った。

「お客さんの話だと、丹波であった戦で、巻き添えになったらしいよ」

「そうなんだ」

と答えた日吉は、ただただ悲しかった。自分なりに一所懸命働いていたのに、突然否定されたようで、気持ちが塞いだ。

「それからさ、日吉どん所の女将さん、うちの店に来ていたよ。屹度、日吉どんのこと、頼みに来たんじゃないかな。番頭さんの話だと、他にもあたっているということだったよ」

久助が、心配そうに言った。

久助は、日吉に親近感を持っていた。丁稚奉公の仲間は子守をしたがらなかったが、日吉を見ていると子守が楽しそうだった。嫌な顔一つせず、子守被りまでして街を歩いていた。

日吉は、丁稚奉公なのに子守ばかりさせられていると陰口を言われていたが、平気な顔をしていた。日吉が頭の回転が良い子だということは分かっていたが、布屋では子守をしてもらわなければ、仕事ができない状態だった。

久助は、日吉に会う前は、子守をするのが大嫌いだった。梲《うだつ》の上がらない奉公人と言われているようで、人目ばかり気にしていた。それが、日吉に会った途端、何かが吹っ切れてしまったようだった。恥ずかしさが無くなったばかりか、子守被りをまねてみたくなったのだった。

「何かあったら、いつでもおいで。大したことは出来ないけど、握り飯なら用意できるから」

久助が、日吉を元気づけた。

「只今、帰りました」

久助から元気をもらった日吉が、奥に聞こえるように言った。

「日吉どん、お帰り。悪かったねえ、心配かけて。でも、大丈夫だよ。次の働き口、見つけてきたから」

意気消沈しているとばかり思っていた女主人が、明るく言った。

「えっ、どこですか」

と、日吉は米屋を思い浮かべた。

「味噌屋さんだよ。日吉がよければ、返事をしておくから」

女主人が、ほっとしたような声で言った。

「それじゃ、お願いします」

日吉はそう言って、ぺこりと頭を下げた。

夫が行方不明になったという大きな悩みを抱えている女主人が、日吉の次の仕事を心配して駆けずり回ってくれたのだ。そのため、無碍《むげ》に断ることなどとても出来なかった。

三日後、日吉の姿が、味噌屋の店先にあった。先ずは掃除当番だったのだろうか。その手慣れた箒さばきは、見事というよりほかなかった。箒目をあまりつけることなく、塵芥だけを取り除くように掃くのだから、職人技のようだった。

「日吉どん、掃き終わったら、雑巾がけだよ」

丁稚の門太が、顎で言いつけた。

日吉は、嫌がらせが進行しているとも知らず、てきぱきと答えた。

「はい」

日吉は、嫌がらせがあることを久助から聞いて知っていた。その中でも手代の喜久三と門太が酷いということだった。特に、喜久三は先を越されたくないという意識が強すぎて、下の者に追い越されそうになると、あの手この手で足を引っ張るということだった。

角一味噌屋では、中番頭の席が空いていて、小番頭の仲治と手代で争っていた。手代の喜久三は、格下だった仲治に先を越されていたので、巻き返しを狙っていた。ところが、中番頭の席が空いても小番頭を昇進させずに空席のままにしていたので、気がかりでしようがなかった。

雑巾がけを済ませた日吉が席に着いたのは、丁稚組が食事を終えようとしていたときだった。日吉が箸をもって食べようとしていると、喜久三がやってきて言った。

「私たちが、食べる番です。早く済ませなさい」

「はい」

日吉は、口ごたえなど一切せずに、椀の汁をごくりと飲みこみ、たくあんを頬張って席を立った。

丁稚部屋へ戻るまで、日吉はたくあんと会話していた。それは、母なかから教えられていたからだった。色白が取り柄なだけの大根は美人薄命と言われるが、たくあんになった途端に大変身をする。その味は美味しさを増し、噛めば噛むほど奥深さが感じられる。一口に飲み込まず、味わえば楽し。

丁稚部屋に戻ると、三六がやってきて囁いた。

「ちゃんと食べましたか」

「うん」

日吉は、懐から手拭いを取り出し、中身を見せた。

手拭いの中に忍ばせておいたのは、笹の葉だった。日吉は、椀の飯を用意しておいた笹の葉にくるみ、手早く懐にしまったのだった。

「門太どんが来る前に、食べた方がいいですよ」

腹を空かせていた日吉は、夢中で食べた。今回は上手くやれたが、次はどのような手を使ってくるか分からなかった。

翌朝、店先の掃除と雑巾がけを済ませた日吉が丁稚部屋を除いてみると、三六が泣きべそをかいていた。樽の洗い方が粗末だと、小番頭に叱られたということだった。

「いつも通り、丁寧に洗ったんだ」

三六は、涙を一杯浮かべて、日吉に訴えた。

「それで、小番頭さんは、なんて」

日吉は、宥めるように聞いてみた。

「明日の朝、もう一度見にきますと、言ったんです」

時間は十分にあると、日吉は思った。ただ、別の仕事のことを考えると、樽洗いにかけられる時間は多くはなかった。

「汚れは、どんな具合かね」

「洗っているときには感じなかったんだ。あんなにべとべとした感じではなかった」と、三六。

「大丈夫だよ、三六どん。早く、ご飯にしよう」

日吉は、三六に安心感を与えるように言った。

日吉は、三六が話していたべとべとしたものは、松脂《まつやに》ではないかと考えた。そして、それが松脂なら解消できるのではないかと思った。

日吉は、父弥右衛門が言っていたことを、思い出していた。それは、戦の時、糸巻の太刀の柄に松脂がついてしまったという話だった。柄巻《つかまき》に糸を使用していれば、血がついても滑りにくかったが、松脂がついた時は、後始末が大変になるということだった。松脂は、糸を解いて洗ってもなかなか落ちないので、熱い酒で洗うよりほかなかった。

昼過ぎ、日吉は作業小屋へ一人で向かった。昼前に汚れが松脂であることを確認した日吉は、味噌樽を作業小屋へ移動しておいた。

熱い酒を松脂に注ぎながら、長めの楊枝で取り除いていった。少しずつ取り除くのは、根気のいる作業だったが、半刻もせずに終えることが出来た。

「これは何です。きちんと洗ったのですか」

小番頭の声が、蔵の中へ響き渡った。

「申し訳ありません。昨日、きれいに取り除いておいたんですが」

三六が、真っ青になった。

「嘘をつくんじゃありません。ほれ、これは松脂でしょう。こんなもので味噌を作ったら、信用がガタ落ちです。大番頭に伝えておきますから、覚悟しておきなさい」

と、小番頭は一歩も譲らなかった。

「ちょっと待ってください。確かに、昨日、松脂はきれいに取り除いたんです。その後で、誰かが松脂をつけたんです」

と言い放ったのは、日吉だった。

「三六どんがやったことではないと、言うんですか。それじゃ、一体誰がこんな悪さをしたというんですか。日吉どん、お前は現場を見たんですか」

小番頭が、日吉の目をしっかり見つめて言った。大番頭に報告するにしても、手抜かりがないようにしておきたいのだろう。

「じゃ、言います。悪さをした者が、この中にいるかもしれねえ」

日吉は、後には引けないと思った。責められているのは三六だったが、日吉も松脂が取り除かれたと断言したからだった。

「それは、誰ですか。言ってください」

「名前は、言えねえ」

「それじゃ、悪さをしたのが誰か分からないじゃないですか。まさか、私？」

「そうじゃなくて、皆の草履の裏を見なくちゃ分からねえ」

と、日吉も必死だった。

「私の草履の裏を見てください。何か分かりますか」

小番頭が、そう言って草履を差し出した。

「違う、違います」

日吉が、ふーっと一息ついた。

「文平どん、見せてお上げ」

小番頭が、ぼーっとしている文平に言った。

「次は三六、お前もです」

小番頭が、三六にも催促した。

「文平どんも三六どんも、何にもついていません」

と言って、日吉が小番頭に次の催促をした。

「門太どんの番です。続いて、民助どんも見せてお上げ。ところで、草履の裏に何かついているんですか」

「松脂がついているはずです」

「手代の番ですよ」

小番頭が、血相を変えた喜久三の方を見て促した。すると、動揺した喜久三は、ぐらついた体を必死で立て直し、日吉に草履を渡した。

「あった。悪さをしたのは、あんただ」

日吉が、草履の裏を指さして叫んだ。

「どうして犯人なんだ。松脂くらいどこにでもあるじゃないか」

喜久三がそう言って、日吉を睨みつけた。

「そうですよ。松脂が、草履の裏についていたからといって、犯人扱いするのはどうでしょう」

小番頭は、どちらかに味方するわけでもなく、自分の職を全うしたいだけのようだった。

「でも、違うんです。この松脂には、小さな唐辛子を混ぜておいたんです。ですから、犯人はこの人なんです」

と、日吉が言った。けれども、その後は口を閉ざしてしまった。

日吉は、三六を誘って味噌蔵を出た。三六の無実が証明できれば、それだけで良かったのだ。

四　万屋稼業

　春が過ぎて夏が来たというのに、日吉の仕事は樽洗いが中心だった。ただ、組織図に変化があり、日吉は下から三番目に上がっていた。小番頭は中番頭に昇進したが、手代の喜久三は三つ下がったので、辞めた。

　日吉が、一人で樽洗いをしていたときだった。樽の陰で休んでいると、つい転寝《うたたね》をしてしまった。

「お館様は、信長様に古渡城をお譲りになるそうじゃが、聞いておるか」

「聞きました。何でも、三河や駿河に動きがあったらしい」

「それでは、いずれかに築城して備えるお考えなのかもしれませぬな」

「美濃との決着もついていないし」

　日吉は、聞きなれない声を耳にして、驚いた。自分はどこにいるのだろうと辺りをキョロキョロ見回して、自分の仕事場であることはすぐに分かった。聞きなれない声は、樽の向こう側でし

ているようだった。そのうち誰かがやってきて、

「仕込み中の蔵には、今出入りができません。どうぞ、こちらでお休みください」

と、静かな物言いをした。

丁重な挨拶をしたのは、大番頭の春茂だった。大番頭は恰幅のいい男だったが、終始低姿勢だった。

一同が母屋の方へ引き上げると、日吉が大きな欠伸をしながら、味噌樽の陰から出てきた。味噌樽を洗う作業は大体終わっていたので、次の作業は味噌樽の修理だった。味噌樽として使用する樽は、新しい樽の他に酒屋から譲り受けた樽があった。酒屋から譲り受けた樽は、既に三十年から七十年経過しているものが殆どだったので、箍《たが》が緩んだり、板が破損したりしているものが多かった。

日吉は、分からないことがあれば前任者によく質問した。前任者から話を聞くことで問題点が分かれば、後はひと工夫すればよかった。悪戯が大好きだった日吉は、仲間と一緒に里山や川に出かけてはよく遊んだ。そのため、遊びの道具作りには自信があった。

味噌樽の箍が緩んでいるときには、箍の隙間に少々太めの竹を差し込んで緩みを無くした。それでも緩みが無くならない時には、細くて長い竹を使い、箍を編むように補強してから叩き込んだ。

箍の修理よりも面倒だったのが、板だった。樽の構造は、主に側板と底板から出来ているが、

修理できるのは側板だった。

日吉は寺の小僧だった時、遊び仲間に桶屋の息子がいた。桶屋の仕事場で鉋《かんな》を持って遊んでいたとき、作りかけの桶を壊して大目玉を食らったことがあった。その時の罰が、桶が完成するまで正座して待つというものだった。

日吉にとっては、苦しい二刻ほどの辛抱だったが、今となっては有意義な体験だった。桶屋は、息子のために熟練技を見せたかったのだろうが、覚えたのは日吉のようだった。

酒屋の桶の側板は、アルコールの飛散防止のために、「甲付《こうづき》」と呼ばれる赤身と白身が混じった部分が用いられている。側板の修理では「甲付」を用いてなされるが、相当の技術が要求された。上の部分なら日吉でもできる修理もあるが、下へ行くほど困難だった。何故なら、側板同士をくっつけてゆく「ハギ付け」なども行わなければならないからだった。

昼食を済ませた日吉は、味噌樽の修理でどうしてもわからないことがあったので、桶屋を訪ねてみた。桶屋では、樽の製作の真っ最中で、丁度側板を繋いでゆく工程に差し掛かったところだった。

正直面に竹釘を打ちながら三枚ずつ繋いでゆくのだが、慣れた手つきであっという間に繋いでしまった。

「何枚繋いでもいいんだが、融通が効くのは三、四枚かな」

竹釘を何本も口に含んで、桶屋が言った。

十組ほどの側板を繋ぎ合わせると、円が出来た。仕上げは箍の取り付けと底板をはめ込む作業だったが、職人技とは恐ろしいもので、いとも簡単に収まっていく感じだった。桶屋が、無理強いしている感じは全くなく、材料が勝手に形を作っていくように見えた。

「出来上がるのに、協力しているんだ」と桶屋。日吉は、感心するばかりだった。

「甲付」の材料に角度をつけ、正直面を揃えて円形を作る。それには、いくつもの細工を施しているようだった。

日吉は、桶づくりの全てを理解できたわけではなかったが、技術の一端を覗くことが出来たような気がした。

「御免」

日吉が帰ろうとしていると、玄関先で声がした。

「はい」

慌てた桶屋が立ち上がろうとすると、

「そのまま、そのままで良い。そなた、種子島を見たことがあるか」

と、侍が言った。

「いいえ」

「忙しいところ、邪魔したな」

と、城侍は目礼して立ち去った。

日吉は、桶屋から「甲付」の実践を見せてもらったので、満足だった。桶は、材料を組み立てることが出来れば完成するが、それまでの準備が大変だということが、よく分かった。それには、木の伐り出しから材料にする段階でも高い意識を持つ必要があった。そして、材料から側板や底板を作るにも、桶の要求に応じて職人技を発揮しなければならなかった。

日吉は、朧気ではあったが、熟練こそ財ではないかと思った。自分自身は何一つそのようなものは持ち合わせていなかったが、精魂込めてやれば、何某かが生まれるような気がした。

「日吉どん、箍が外れているって、中番頭さんが言ってたよ」

日吉が店に帰ると、丁稚頭になったばかりの三六が教えてくれた。

日吉が、樽が置かれてある場所に行ってみると、箍に取りつけたはずの竹が外されていた。箍の他にも修理したところが壊されている樽もあった。

日吉は、桶屋で学んだことを試す絶好の機会だと思った。腹立たしくはあったが、追及するのは止めた。ここは、犯人捜しより修理の実践をしておく方が、大切だと思ったからだった。竹が外されていたところは、太い竹を使って修理した。問題は、壊された箍をどのようにすればよいかだったが、新しい箍を使わずに短くなった箍をそのまま使うことにした。つなぎ目は、草履を作る時の方法を応用することにした。草履は何度も作ったことがあり、縄が足らなくなると、少し後から縄を入れてすぐ抜けないようにするのがコツだった。

何とか修理を終えた日吉は、清々しさでいっぱいだった。毎日の仕事といえば味噌樽を洗うことだったが、侍を目指すためにも必要なことだと思うようになっていた。

日吉は、思いがけず侍と商人や職人のやり取りを聞いてワクワクしていた。もし、自分が侍だったらと思うと、何故か楽しくなってしまうのだった。布屋では、主人が戦に巻き込まれて行方知れずになった話を聞けたし、味噌屋でも城の様子を聞くことが出来た。それに、桶屋では火縄銃に関する話までが飛び出したのだった。

城下町にいると、居ながらにしてより多くの話が聞けるようだと、日吉は思った。けれども、武器を持ったところで大きな働きが出来るわけでもないので、別の何かで役に立つことはないかと、自問自答を繰り返してみた。誰も、出来そうもないこと……。

日吉が丁稚部屋に戻ると、手代の民助と丁稚頭の三六が待っていた。手代の話では、三人の中の誰かが鍛冶屋の手伝いをしに行かなければならないとのことだった。

「どうにかなりませんか」

民助が、眉間に皺を寄せて言った。

「日吉どん、この通りです。お願いします」

と言った三六の言葉には、日吉でなければ収まらない事情が、潜んでいるようだった。

「行くよ、おらでいいのなら」

日吉が、困り顔で言った。

「それじゃ、中番頭さんに伝えてくるから」

民助は、そう言って立ち上がると、部屋を出ていった。日吉の心変わりを心配したかのような振る舞いだった。

取り敢えずはひと月の手伝いということだったが、日吉の鍛冶屋通いは三か月目に入っていた。何しろ、城から刀や槍の注文が大量に出されていたからだった。

刀鍛冶は勿論のこと、主だった鍛冶屋は皆協力しなければならない状態だった。

「日吉どん、儂の代わりに鞴《ふいご》を頼む」

現場責任者の村下《むらげ》が、流れる汗を拭きながら叫んだ。

「はい」

日吉は、大きな声で応えた。熱さの中に長くいると頭がくらくらしてくるので、大きな声は気付けのようなものだった。

ふた月も作業場の中にいると、鍛冶職人の気分がしてきた。何から何まで初めて経験することだったが、何度も繰り返しているうちに日吉にも出来ることが多くなってきていた。

この作業場では、玉鋼を作ることが主な仕事で、完成品の刀は作っていなかった。そのため、運ばれてきた砂鉄を木炭と一緒に火床に入れ、鞴を使って燃焼させて、玉鋼を作らなければならなかった。

「日吉どん、冷めた玉鋼を栄町へ届けておくれ」

村下が、おにぎりを頬張りながら、日吉の側まで来て言った。

日吉は、大八車に玉鋼が入った木箱を積み込んだ。手拭いを喧嘩被りにして、粋な恰好で出発した。栄町までは三百メートルほどしかなかったが、作業場へ戻れば次の届け先が告げられることは分かり切ったことだった。

「お届けに上がりました」

日吉が、元気な声で挨拶すると、

「ご苦労だった」

と、奥から出てきた侍が言った。

日吉は、初めてではなかったが、気分がよかった。それは、侍にでもなったような気がしたからだった。粋な喧嘩被りを手で確認すると、日吉は楽しそうに元来た道を戻った。

「ご苦労さん。次は、桜町だ。頼んだよ」

と村下。

日吉は、村下は不死身なのかと思いながら、大八車の轅《ながえ》を引いた。もう、夕方になるというのに、食事をとる以外は、燃え盛る火と隣り合わせでいるのだ。

三か月目が終わる頃、日吉は味噌屋へ戻ることになった。

「日吉どん、ありがとう。お城に面目が立ったのも日吉どんのお陰だ」

村下が、真っ黒い顔に白い歯を浮かべてお礼を言った。日吉が誉め言葉に照れていると、更に続けた。

「侍になるのが夢なんだってな。その時は、必ず立ち寄っておくれ。刀を一振り用意しておくから」

握り拳を突き出し、その拳で胸を叩いた。

日吉は、天にも昇る気持ちで味噌屋へ帰った。すると、思いがけないことに民助と三六、文平の三人が店先で出迎えてくれたのだった。驚いたことに、出迎えてくれたのは三人だけではなかった。大旦那の一兵衛や大番頭の春茂までもが玄関口まで出てきて、出迎えてくれたのだった。大番頭の説明によると、城から使いの者が来て、日吉の働きが見事だったというお褒めの言葉があったということだった。そのため、店の名誉だということになり、新しい小袖と褌が送られることになった。

兎に角、日吉は一所懸命に働いた。日吉が手伝いに行った鍛冶屋は、主に玉鋼を作ることに専念していたが、数こそ少なかったが刀剣も作っていたのだった。

最初、村下は手伝いに来た日吉に運搬の仕事しか与えていなかったが、「水へし」の仕事をさせてみたところ、玉鋼を「皮鉄《かわがね》」と「心鉄《しんがね》」に簡単に分別したので、吃驚《びっくり》してしまった。

「水へし」は、玉鋼を低温で熱してから高温で熱した後、急速に冷やすことをいうが、この工程で硬い玉鋼と軟らかい玉鋼に分別される。

村下が見るところ、日吉にはこの分別が簡単に出来ていた。刀剣は、「心鉄」を「皮鉄」で包み込むように作るため、玉鋼が分別された状態で刀剣を作っている鍛冶場へ届けることが出来れば、出来上がりが早くなるのは当然のことだった。
二、三日すると、日吉の日常は、すっかり元へ戻っていた。味噌樽を洗い、修理をする毎日だった。ただ、依然と違っていることがあった。それは、日吉が侍の言動に興味を抱くようになったことだった。
ある日の早朝、日吉が文平の手伝いをして店先の掃除をしていると、米屋の久助がやってきた。久助は、子守をしていた頃とは違って、随分痩せていた。

「日吉どん、一生恩に着るから、うちへきて手伝ってくれないか」

久助が、声を詰まらせて頼んだ。

「どうしたんだ。久助どん」

日吉は、布屋に奉公していたとき、久助に恩を感じていたので、簡単に断ることが出来なかった。

久助が日吉に頼んだのには、深いわけがあった。越前屋の本家は、越前国の敦賀で運送業を営んでいたが、足利幕府が始まる頃から魚や米などを中心に商いをするようになった。商いが次第に軌道に乗るようになった越前万屋では、暖簾分けの形で近江の大津、続いて尾張の那古野に出店した。

ところが、一向一揆の拡大で越前万屋が大損害を被ってしまった。そのため、大津と那古野の越前屋では、呼応して協力するようになった。久助が奉公する越前屋でも本家に協力しなければならなかったので、主人と数人の奉公人がゆくことになった。

その日の夕方、日吉は一兵衛によびだされ、そのことを相談された。久助に恩を感じていた日吉に断る理由はなかった。子守被りをして神社の境内で思いにふけっていたとき、久助がおにぎりをくれたのだった。その時に受けた情けは、とても忘れることが出来ないことだった。あの白米のおにぎりは、格別だった。

日吉の米屋での仕事が、始まった。初めは、使用人の耕作と一緒に米搗《つ》きをすることだった。最初、日吉は杵を担いでついて歩くだけだったが、慣れてくると先回りをして注文を取って歩くようになった。その方が臼を押して歩く耕作にも好評だったので、一日に米搗きをする客が十軒以上も出てきた。

日吉の効率化は、それだけにとどまらなかった。客を店売りする客と米搗きで回る客に分け、予定表を作った。このようにすれば、無駄が無くなり売り上げが増えると考えたからだった。

「日吉どん、ありがとう」

久助が、嬉しそうに言った。

「上手くやれて、良かったよ」

白米を頬張りながら、日吉が頷いた。

日吉は、根回しをして成功した時の快感が、忘れられなかった。予め根回しさえしておけば、物事は意外にも簡単に出来るものだった。腹いっぱい白米を食べた日吉が味噌屋に戻ったのは、ひと月ぶりのことだった。

「将軍は、どうしても晴元を排除したいようですね」

と、常子が笑みを浮かべて言った。戦乱の世が収斂されればと願う一方で、尽きることのない人間の性を楽しんでいるようでもあった。

「八月、堺にいた時は大変でした。長慶軍が堺に到着した途端、町全体が騒々しくなったからです。何しろ、長慶軍が堺に到着するのを待っていたかのように、細川氏綱や遊佐長教などの軍が包囲したので、一触即発の状態になりました」

と言って、惣之介が両手を広げてみせた。

「堺では、戦にならなかったでしょう。どうしたのです」

と、常子。堺は商人の町、力ずくでも堺の町での戦を回避するに違いなかった。

「見たところ、長慶軍は態勢が整っていませんでした。そこで、会合衆《えごうしゅう》に助け舟を求めたようです」

「宗久殿が、動きましたか。堺の商人は、殊更戦が嫌いのようじゃから。それで、その後はどうなりましたか」

およその経緯は知っていても常子は、長慶の行動が気になっていた。

「長慶軍が堺の町を離れると間もなく、氏綱軍の攻撃が始まりました。矢張り、準備万端の軍の勢いは強く、晴元・長慶軍は、敗北を重ねるしかありませんでした。けれども、ある日を境に戦況は一変します」

「援軍ですね」

「四国から長慶の実弟たちの軍が、到着したのです」

惣之介は、そう言ってから常子の顔を見た。それから、実名をあげながら長慶軍の強さのわけを説明した。

三好長慶には、実弟で五歳年下の三好実休、六歳年下で安宅家の養子になった冬康、それから、十歳年下の十河家養子の一存がいた。いずれの弟たちも長慶に協力し、三好旋風を巻き起こす立役者だった。

「そうでしたか。三好軍は、兄弟がそろうと敵なしですか」

と言った常子だったが、顔を曇らせた。

「そのように強い三好軍ですが、何も変化はないのですか」

惣之介は、長慶を一押しにしていなかったが、現下での勢いは随一と認めざるを得なかった。

「それが、一向に変化がないのです。先程占いをしてみたところ、三好以外で運気が強かったのは信長と竹千代、それに、今川くらいでした」

「ちょっと、待ってください。前回、母上は今川を外したのでは？」

「そうですよ。太占の場合、遠い将来も対象になりますから、そこまで続かないということになります」

常子は、そう言いながら、小首を傾げてみた。

「何か、気になることでも」

惣之介は、常子の気持ちを訝しげに思っていた。三好長慶が、ひときわ輝いているのに、天下までは遠いと判断しているところが、理解できなかった。二十四歳の長慶にもやがて老いが来る。それまでに管領の細川晴元を打ち破り、将軍足利義晴を失脚させることは、困難なことなのだろうかとまで考えてみたのだった。

「将軍職をお譲りになるのではないか、という話を聞いたものですから」

常子は、生家の六条家からだけ情報を集めていたわけではなかった。情報網を張り巡らしている常子は、少ないながらも朝廷などからも情報を得ていた。

「そうですか。義晴が、後見するんですか。それにしても、戦乱の世は、収斂しそうもないですね」

と、惣之介が諦め顔で言った。

朝廷が、信頼を失ってから、長い年月が経っていた。いつの時点を起点にするかは簡単に断定できないが、応仁・文明の乱後は特に顕著だった。そして、将軍家も同様に幕臣の信頼を失ったままだった。

このような時には、強い者が号令一下するしかなかったが、多くの武士を糾合できる覇者が未だ現れていなかった。

「あの者は、どうしていますか」

話のやり場のない常子が、尋ねた。紅葉が、風に吹かれて舞うさまを見て、思い出したのだろうか。

「サルですね。那古野の城下で忙しく動き回っていました。米搗きの恰好をしていましたよ。まだ、気にかけているのですか」

「尾張で灯が三つ四つ点いています。一つは、織田信長。これは間違いないところです。あとがまだ定かではありませぬ」

と、自信がなさそうで、ありそうな常子が言った。

混迷に混迷を深めている戦乱の世は、朝廷や将軍家はもとより、管領家や守護に至るまでもが、治政の術を失っていた。全国各地でつむじ風が起きるように戦が行われ、誰かが小さなつむじ風を糾合して大きな竜巻にでもしなければ、収束できない状況だった。

常子は、小さなつむじ風でも巨大化することもあると考えていた。ただ、それは大変稀なこと。けれども、戦乱の世が収束しそうもないからこそ、奇抜で稀有なことが起こる可能性が出てくるのだった。

それに該当してくるのが、名もない貧民だった。常子は、階層は空洞化し、貴族、武士、庶民が横一線に並んでいるのではないかと、考えていた。貴族は食べることに汲々とし、武士は下剋上が繰り返されて安眠することが出来なかった。ならば、庶民かというと、それも怪しかった。逆らうことさえしなければ、食いつなぐことが出来たからだ。

土一揆の農民は、税さえなければよく、国のことまで考えることはしなかった。そのため、たくさんのつむじ風が起きても巨大化することはなかった。

常子は、溜息を一つついてから視線を枯れ木に移して尋ねてみた。

「今年の春でしたよね。上杉が今川に呼応して、北条を急襲したのは」

「それが、何か」

「今川が、上洛を目論んでいる証拠になりませぬか」

枯れ木が花を咲かそうとして、寒さに耐えているとでも言いたそうな常子だった。

「そうかもしれません。今川が動くことになれば、気がかりなのは武田と北条ですから。崇孚ならずとも考えることでしょう。ただ、川越城を力ずくで包囲したのは、上杉にとっては大失敗だったようです。八万もの軍を動かして惨敗だったのですから」

と言った惣之介だったが、上杉憲政の行動をはかりかねているようだった。

「上杉は、謀略に乗ったのでしょう」

「といいますと、伏線があったということですか」

と、惣之介が身を乗り出した。

上杉軍八万に対して北条軍はせいぜい八千。ところが、数に勝る上杉軍の方が、攻めあぐねて膠着状態になってしまったのだ。北条では、倦怠感が漂う包囲網をかいくぐって城内に立てこもる味方と連絡することに成功すると、上杉軍を油断させる作戦にでた。小さな戦をしては逃げ帰ってきたり、川越城を明け渡すなどのデマを流した。

機が熟したと見た北条氏康は、奇襲攻撃をかけた。すると、思いのほか簡単に上杉軍が総崩れになってしまったのだ。

「あれでは、総大将はつとまりません。関東管領などとても……」

「それでは、今川の思惑も外れてしまったということには、なりませんか」

惣之介は、あくまで天下のことを知りたかった。

「今川義元の妻は、武田信玄の姉でしたよね。ですから、上杉が失敗したとしても、別の策を講じるでしょうね」

常子は、あくまでも物事を冷静に見ようとしているようだった。将軍義輝は、有力大名たちに上洛を促し、将軍の権威を少しでも高めようと必死のようだが、たとえ、上洛するのが上杉や武田だったとしても、常子は否定した。彼らは、将軍に忠節を約束するだけで、将軍に従うだけなのだ。将軍が残れば、戦乱の世が長引くだけだ。

「太占では、三好長慶、織田信長、松平竹千代でした。他の占いでもこの三人は有望なのでしょう。どうして、三好ではいけないのでしょうか」

「確かに、三好は有望株の筆頭ですが、灯が強くなっていないのです。三人の実弟が長慶を支えているので万全のように見えますが、あくまで局地戦です。天下ともなれば多くの大名を従わせなければならないのです。長慶には、そのような野望があるのか」

常子は、野望という言葉があまり好きではなかったが、戦乱の世を鎮めるには、野望が重要な要素になってくるのではないかと、考えていた。

「野望ですか」

剣を極めたいと考えている惣之介が、眦《まなじり》を決した。

「如何しました、惣之介」

常子が、慌てた。惣之介が、常子の前で厳しい眼差しをすることは、滅多にないことだった。

「私も邪剣について考えることが、あるのです。正しい剣だとか邪な剣だとかとよく言いますが、人を傷つけるのに、そのような区別ができるのかと」

「そうでしたか、悩ましいところですね。私が野望を持ち出したのは、きれいごとを並べていただけでは、戦乱の世は収斂しないのではと考えたからです。誰かが、この乱世を一刀両断にしなければ、平和が訪れないような気がします」

「もしそうだとすれば、この三人は、野望を持っているということなのでしょうか」

惣之介は、常子の発想に感心しているだけではなく、可能性を追ってみたくなったようだ。

「私には、三好と松平はないように思います」

「すると、野望があるのは、信長ということになりますが」

「三好長慶は、二十四歳と若いように思われますが、家督を相続してから十四年も経過しています。ですが、主家で親の仇でもある細川晴元を討ち果たしてもいません。それに対して信長は十二歳、家督こそ相続しておりませんが、那古野城の主です。巷で大うつけと侮られているのも幸運かもしれません。父信秀の戦も見ているでしょうし、辺りが消耗していく様子も承知していると思われます」

と、常子が意外な話をした。

「ちょっと、待ってください。母上は、大うつけではないと」

惣之介が、驚きの顔で尋ねた。

「そうですよ。奇抜な行動をとるとの話は聞きますが、果たして本当かどうか、確かめてもらったことがあります。私は、大うつけではないと、思っていますよ」

常子には、自信めいたものがあった。巷間では、大うつけと噂されているが、本人が意図的にしているのではないかという情報がもたらされていたからだった。

「宜しいでしょうか」

廊下の方から、かすかに聞こえた。

「帰ってきましたか。通してください」

常子が答えた。

五　いずる杭

日吉が、ひと月もの間米屋の手伝いをして味噌屋に戻ると、何かが違っていた。特に、手代の民助と丁稚頭の三六の態度によそよそしさを感じた。日吉の仕事は、米屋に手伝いに行く前と同じく味噌樽を洗うことと修理をすることだったが、その他の仕事が来ることは殆どなくなった。食事の時、変によそよそしかったし、丁稚部屋でも孤立することが多かった。日吉は皆がいなくなった時、文平に尋ねてみた。

「皆どうしたんだ。口が開かなくなったのかな」

「うん、開かないんだよ。中番頭さんが釘を打ったから、口が開かなくなったって言ってたよ。釘、どこへ打ったんだろう」

日吉を可哀想だと思ったのか、文平が教えてくれた。

「ありがとう」

と言って、日吉が頭を下げた。

その夜、日吉は夢を見た。父弥右衛門と楽しそうに話している夢だった。何しろ、念願の武士になったのだから楽しくないはずはなかったが、

「日吉、人のために尽くせよ。それから、自分の運命は自分で決められるような武士になれ」

別れ際になって弥右衛門に謎かけされて、すっかり目が覚めてしまった。

人々が、長らく続いている戦乱の世に飽いてしまっていることは、若年の日吉にも分かってはいたが、どうすることもできなかった。城に近いところで暮らしていれば、たとえ城主が代わっても食べてゆくことが出来たが、僻地の農民は違った。戦のために駆り出されたり、年貢を取られたりと、散々な目にあわなければならなかった。「人のために尽くせ」とは、誰のことをさすのだろうかと、日吉は考えてみた。そして、殿様のことだろうか、一般の人々なのだろうかと思案してみて、止めた。

それでは、自分の運命は自分で決められないのだろうかと、考えてみた。武士にしても、農民にしても、一度戦が起きれば戦火の中へ引き込まれ、自分の意思など介在する余地はなかった。ただ、大将なら、現場の責任者なら、戦場で自分の運命を決められるのではないかと思った。自害するのも討死にするのも思いのまま。勝ち戦ともなれば、次の戦へと運命を引き延ばすことも出来た。

弥右衛門が言うところの自分で決められる武士とは、一角の大将になることではないかと、日吉は思った。ただ、それは、夢のまた夢のことだった。

「日吉どん、日吉どん」

　民助に何度も頬を張られて、日吉は目を覚ました。

「あっ、寝坊」

　夢心地の中にいた日吉は、なかなか現実に戻ることが出来なかった。

「肥し運びのあんちゃんが、倒れているんです。何とかしなくちゃ」

　と民助。

「肥しは、小番頭さんの仕事じゃないの」

　と日吉。

「でも、米屋の久助の何とかって、言っていますよ。先頃、日吉どんが手伝いに行っていたので、何か関係があるかと……」

　民助が、申し訳なさそうに言った。

　日吉は、民助の話が終わらないうちに飛び出していた。もし、久助の関係者なら、放ってはおけないような気がしたからだった。

　日吉が、厠の近くにある裏木戸まで行くと、屎尿の臭いが充満していた。日吉は、息を止めて倒れている男に近づいた。すると、

「久助の弟です」

　悪臭の中から恨めしそうな声がした。

「久助どんとこの。おみゃー、どうしたんや」

日吉は、夢中で屎尿にまみれている男を抱き起こした。臭いには臭かったが、気にしていたら物事など進まなかった。

「今朝、汲み取りに来たんですが、不注意で足をくじいてしまいやした。済まねえことをした」

「それで、これからどうする」

「中村まで帰ります」

「それじゃ、手伝う。今、久助どん、呼びに行ってるから」

と言った後で、日吉の動きが忙しくなった。

日吉は、汚れた小袖などお構いなしに尻たぐりをすると、肥桶と柄杓をもって厠へ向かった。減った分の屎尿を補わなければならないと思ったからだった。遊んでばかりいた日吉だったが、母から屎尿が大切だということは、よく聞かされていた。母は、集めた屎尿を穴や甕にためておき、下肥を作っていた。そして、肥料が必要となった時、堆肥として使用していた。

「日吉どん、済まねえ」

久助が、息を切らしてやってきた。

「おみゃー、弟を。おらは、肥桶を運ぶ」

と言って、日吉は一刻も早くここを立ち去ろうと促した。

三人は、人家のない道を歩いた。その方が、誰にも遠慮せずに歩けるからだ。

「あんちゃん、ありがとう」

竹三が、背中で言った。

「お前は働き過ぎで、疲れていたんだ。よく頑張っているんだから、気にするんでねえ」

と言った後で久助は、隠し持っていた白いおにぎりを二つ出した。

「久助どん、いつもありがとう」

日吉は、片手で天秤棒を抑えながら、白いおにぎりを頬張った。

日吉は、肥桶を中村まで運ぶと、走って味噌屋へ帰った。途中、小川で汚れた部分は洗ったが、悪臭まで消すことはできなかった。

日吉は、四日ほどで仕事に復帰した。日吉の体にしみ込んだ屎尿の臭いが、なかなか取れなかったからだ。悪臭は、誰彼を問わず悩ませた。

四日目の朝、乾いたばかりの褌や小袖を身に着けた日吉だったが、それでも、体に染みついたにおいが漂っていた。

「日吉どん、温泉がいいかも」

文平が、鼻をほじくりながら言った。

日吉は、文平の助言が一番的を射ているように思えた。そこで、手代の民助に相談してみると、早速許可が下りた。日吉は、褒美にもらった小袖と褌をもって、温泉へ向かった。

温泉の候補地は、城の北側にある白山と南側の熱田の手前にある温泉だったが、文平おすすめの富士見へ行ってみることにした。

「何か臭わんか」

脱衣場で、そんな声がした。続いて、

「屁でも、かましたか」

などと茶化す者もいて、笑いを誘っていたが、日吉はすまし顔で着衣を勢いよく流れ落ちる打たれ湯の中へ入れた。

日吉が温泉に入るのは、初めてではなかった。戦で負傷した弥右衛門について、白山の温泉に行ったことがあった。弥右衛門は、何か所か刀傷を負っていたが、中でも太腿の傷が大きかった。

日吉が、温泉に首まで浸かっていると、

「殿様、どうしてしまったんや。この度も負け戦をしてもうて」

「美濃の蝮に、またやられてしもたな」

「大うつけが気になって、集中できんのや」

隣の湯煙からそのような会話が、聞こえてきた。

日吉は、信秀が負けてばかりいるという話を鵜呑みに出来なかった。信秀は、織田一族の中でも勇猛果敢な武将。これまでのことを振り返っても、連戦連勝という記憶しかなかった。

その信秀が、斎藤道三に敗戦したというのだから、日吉は残念で仕方がなかった。仕官するなら、父弥右衛門が仕えていた信秀のところと決めていたのだから、尚更のことだった。

「殿様は、守護や守護代より力があるというのに、どうしてかしこまってばかりいるんだ。斯波様なんか、頼りにならないっていうのによ」

「ああ、そうだ。美濃から逃げてきた土岐頼芸様なんか、庇護しているって話じゃないか。これじゃ、いつまで経っても、戦は無くならねえ」

「でもな、殿様は情け深いお方だよ。儂だって、傷が癒えたら戦場に出るつもりさ」

湯気の向こうの男たちは武士なのかと、日吉は思った。信秀を殿様と親しげに呼んでいたからだった。日吉の思いと湯気の向こうの思いは、いささか違っていた。戦場で生死を共にした大将への思いは、桁違いなものなのだろうと、日吉は思った。

日吉は、汗が出てきたのを見計らって湯から出た。それから、真新しい褌と小袖をまとうと城下へと向かった。

「日吉どん、くそうない」

丁稚部屋へ行くと、文平がやってきて言った。

日吉は、文平が幼少の頃、石に頭をぶつけてから脳の育ちがよくなかったと聞いたことがあったが、決して、頭が悪いとは思えなかった。それは、絵を描かせると大人顔負けの絵を描くことからも分かった。その観察力は舌を巻くほどで、裸体の絵を見るとよく描けているのが理解できた。例えば、顔の表情でも筋肉ばかりでなく、血行の状態が分かるほどの緻密さだった。

「そうか、大丈夫なんだ」

日吉は、文平に太鼓判を押されて嬉しかった。文平の言葉には嘘がなかったので、これで屎尿臭から逃れられると安堵した。

文平には、将来を誓い合ったのぶという女性がいた。同じ村の出身で三つ年下だった。十年ほど丁稚奉公した後で一緒になることにしていたが、文平は六年経過したというのに最下位のままだった。

一方のぶは、二年ほど前から桜町の呉服屋で女中奉公をしていた。文平と一緒に暮らせるのは三、四年後のことだったが、少しでも文平のためになりたいと、かいがいしく働いていた。

「文平どん、おのぶちゃん元気」

「うん、元気だよ。ただ、おいらのことが心配みたいで」

文平が、そう言ってうなだれた。

「文平どんは、文平どんでいいんだよ。あんまり飾ると、おのぶちゃんに嫌われるよ」

日吉は、慰めることなどしなかった。誰がなんて言おうが、文平には純粋がピッタリだった。

「うん」

と言った文平に、笑顔が戻った。

一五四七年、日吉は十歳になったが、ひたすら味噌屋で頑張っていた。日吉が、鍛冶屋に刀作りの手伝いに出かけた後、日吉へのいじめが横行していたが、今では、すっかり影を潜めていた。

日吉は、いじめは妬みではないかと思った。主の一兵衛が、あまり褒めちぎったので、大番頭の春茂と中番頭の仲治が危機感を持ったために、いじめが行われたようだった。

ある日、城詰めの氏家直正と福富剛勝と名乗る侍がやってきて、奥座敷で主の一兵衛と戦に持っていく味噌のことで話し合っていた。戦には、干し飯とともに味噌が必需品だったので、長期戦になればなるほど欠かすことが出来ない代物だった。

これまでにも、小さな味噌玉にしたり縄にすり込んだりと工夫されてきた味噌だったが、籠城戦ではもう一段の工夫が必要だった。籠城戦で補給路が絶たれた時には、食料のあるなしが兵の士気に関係してくることなので、大切なことだった。

「番頭さん」

一兵衛が指さした。

「申し訳ありません。すぐに名案が出てきません」

「中番頭を呼びなさい」

仏頂面の一兵衛が命じた。しかし、中番頭が来ても名案が出ることはなかった。すると、侍の一人が、

「先頃、鍛治屋で励んでくれた丁稚はいないんですか」

と、一兵衛に尋ねた。

「日吉は、味噌樽を洗っているそうですが、お武家様が是非にと申されるのであれば、呼びにやりましょう」

「是非、そう願いたい。手ぶらで帰ったのでは、ご家老に申し開きが出来ませぬから」

間もなく、日吉がやってきてかしこまっていると、

「戦で使う味噌のことだが」

と言って、話を切り出した。しかし、日吉はこのような時の応対に不慣れだったので、何も話すことが出来なかった。すると、家来衆の一人が、

「遠慮なく申せ。言葉が悪いからといって、咎めることなどない」

と、言い聞かせるように優しく言った。

「戦のことなど、よく分からねえ。でも、考えがないわけでもねえ」

と日吉が、控えめ目に言った。

「それで、その考えとは?」

「その一つは、飴じゃ」

「飴なら知っておるぞ」

と言って、扇子で膝頭を一つ打った。

「飴に味噌を忍ばせておいたら、面白いだろうと思いました」

「忍ばせるといっても、どのように」

「練り込むのが一つと、飴の中に味噌玉を詰め込むのもありじゃ」

日吉が、臆することなく言い放った。

「ほほう、面白いことを考えるものだ。でも、そんなことが簡単に出来るものかのー」

と、氏家が目の小皺を伸ばして、一兵衛に問うた。

「これは初耳なので、なんとも申しかねます。ですが、飴屋の意見を聞いてみるのも一法かと」

一兵衛は、そこまで言って肩の荷を下ろした。案一つないとなれば、一兵衛の面目が損なわれることになっていた。また、責任の一端を飴屋に回すことが出来るので、精神的に楽になった。

しかし、一兵衛の心配をよそに、

「して、おぬしは先程、その一つは飴じゃと申したであろう。その二つ目があるなら、教えて欲しいものじゃが」

と言って、福富が次の問題提起をしたのだった。

「あるけど、ここでは言わねえ。まだ、まとまっていねえし、残しておきたいから」

日吉が、悪びれずに言った。

日吉は、携帯用の味噌や餅と味噌の組み合わせなどの案もあったが、話さなかった。自分自身が侍になった時に実践してみたかったたし、出る杭は打たれるという思いの方が強かったからだ。

二人の侍が引き上げてゆくと、味噌屋の空気が一気に重苦しくなった。大番頭や中番頭だけならまだしも、手代までもが差別するようになってしまったからだった。

見かねた三六が、これ以上目立たない方がいいと、耳元で囁いた。日吉もそのようにすべきだとは思ったが、自分からしゃしゃり出たことではなかった。また、発言も侍から促されてしたことだった。

何日かすると、主の一兵衛までもが、変によそよそしくなった。文平の話だと、妻にも罵声を浴びせられていたということだった。日吉は、嫉妬なのだろうかと思った。日吉の脳裏では、二つの思いが大きくなっていた。一つは、この正月に家へ帰ってみることだった。もう一つは、奉公先を替えてみようという思いだった。

年が明ければ十一歳になる日吉だったが、侍になるにはまだ早すぎると、考えていた。まだまだ世の中のことを知らなかったので、それでは主君のために何もできないのではと、考えていたからだった。

偉丈夫と言えない日吉には、刀槍での期待はできなかった。出来るとすれば、頭脳戦だったが、学問のない日吉には自らの体験しかなかった。

世の中の隅々まで見ることが肝心だと思った日吉は、侍になるために何事にも我慢しなければならなかった。けれども、いじめの対象にされてしまえば、もはや仕事に集中することが出来ず、遊びの域を出なかった。人間は、どこかに楽しみがあれば成長できるが、陰湿の中では無理としか思えなかった。

惣之介は堺に立ち寄った後、京都へ向かって急いでいたが、伏見口まで来た時、木瓜形鍔《もっこうがたつば》に指をかけなければならないほどの殺気に襲われた。

「えいー」

惣之介は地面に体を倒すと、刀を抜いて空へ払った。けれども、物音ひとつしなかった。惣之介はわずかな気配を感じて追いかけた。気配は暫くの間感じられたが、竹林の中へ入ったところで消えた。そして、見えてきたのが庵だった。

「どうしました、惣之介。息が、乱れておりますよ」

庭先に現れた惣之介に、常子が尋ねた。

常子が縁側にいることは珍しく、惣之介が現れるのを待ってでもいたかのようだった。

「怪しい者は、来ませんでしたか」

惣之介が、辺りに注意しながら尋ねた。

「いいえ、そのような者など現れませんでしたよ。ねえ、タカ」

常子が近くに控えていた手伝いの女に声をかけた。

「そうでしたか」

と、惣之介は答えるしかなかった。すると、

「怪しい者ではありませぬが、顔見知りなら来ましたよ」

と、常子が言った。惣之介が、常子の言っている意味を飲み込めないでいると、

「出てきてもいいですよ」

と、常子が垣根の方へ向かって声をかけた。

「……」

見覚えのある顔ではなかったので、惣之介が一瞥しただけで黙っていると、

「これは、タカの兄です。私が、あなたの腕を試してもらったのです」

と、常子が言った。それから、惣之介を見るなり楽しそうにクスッと笑った。

二人が庭から姿を消したあと、常子と惣之介は部屋へと移動した。そして、いつもの談義が始まった。

「七月の舎利寺での戦いは、いかがでしたか」

一番押しの三好長慶がかかわった戦いだったので、常子はいの一番に尋ねようと思っていた。

「長慶軍には三好実休・十河一存等も加わったので、無類の力を発揮し大勝利。そのため、細川氏綱・遊佐長教に与していた将軍家は、近江坂本へ逃亡しなければなりませんでした。いつまでこのようなことを繰り返すのか……」

「去年の暮れだったでしょう。義晴から義輝に禅譲されたのは」

常子は、将軍の非力が戦乱の世を長引かせていると思っているので、徒労に頭を差し替えてもと、溜息をこぼしているのだった。

「母上が、お嘆きになるのも無理はありません。昨年長慶も堺で包囲された時には四面楚歌の状態でしたが、会合衆に仲裁してもらいました。会合衆も堺で戦いを起こされたら大変なので、細川氏綱軍に掛け合う。このようなことばかりしているから延々と続くのです」

と、惣之介が珍しく声を荒らげた。

足利将軍家では、義晴から義輝へと将軍職が移行したが、管領家の細川家では、晴元と氏綱が諍いを続けていた。その力関係は、晴元の家臣である長慶が、主家をもしのぐ勢いなのに対し、将軍義輝が氏綱に加担していたので、どちらも決定打を打てないでいた。

「太占に変化はございましたか」

惣之介が、浮かない顔の常子に尋ねた。

「難しい局面なのは分かりますが、長慶が政略結婚するとは思いもよりませんでした」

一層深い溜息が出た。

六角定頼は足利義輝の応援をしていたが、舎利寺の戦のあと三好長慶の味方をするようになっていた。その定頼のすすめで義晴派の遊佐長教の娘を継室に迎えていた。

「母上、占いではどのような変化が」

戦の図式が大きく変わったように思われたので、意気込んで尋ねてみた。

「それが、相変わらずなのです。じつは、私も期待していたのです。敵味方が入れ替わろうとしているのですから」

と言った常子だったが、今日の常子は溜息と隣り合わせのようだった。

「それはそうと、他の者たちは？」

溜息から逃れるように、惣之介が尋ねた。

「相変わらず、小さく輝いていますよ。竹千代が案じられたのですが、意外に強運なので驚いています」

「それは、人質になったことを指してでしょうか」

「それもありますが、生母於大の方が離縁されたために、幼少の頃から母親と別れて生活していましたから……。そしてこの度の人質です。ただ、この者の灯は消えていません」

と、常子が目を輝かせた。

「母上は、幾多の苦難を乗り越えなければ、天下人には近づけないとみているのですね」

惣之介は、何をもって苦難とするのか明確な考えを持っていなかったが、人質なら生死に直結するという認識はあった。

「そうです。けれども、長引く戦乱の世では、誰しも苦労はしています。ただ、その苦労が天下人になるためのものかというと疑問です。朝廷も権力の座にいながら腐敗してしまいました。鎌倉幕府にしても、足利幕府にしても、体を成していたのは、腐敗した権力を倒したときだけです。総大将が変わった途端、仲間割れを起こしたでしょう」

と言って、常子は肩で溜息をついた。

「母上は、朝廷や将軍家からは出てこないと思っているのでしょう」

「そうです」

「守護や守護大名でも難しいと」

「そうです」

「大名やそれ以下の者の中からだと」

「そうです」

常子の声は、高まるばかりだった。常子自身公家の出身だったので、忸怩たる思いがあったのかもしれなかった。

「かの者は、どうなっていますか。サルですよ、サルです」

「どうしたのです、嬉しそうに」

「生きているのです。いや、灯が点いているのです」

「でも、味噌屋ですよ。それも、丁稚頭にさえなっていない者ですよ。母上が、興味を示す意味が分からない」

と言って、腕組みをした惣之介だったが、常子を見て笑った。

「あなたも気になっているのですね」

と、常子。そんな時、廊下でかしずく者の音がした。女中頭のメイだった。

「膳の用意が、整いましたが」

「こちらへ運んでもらえぬか」

と、常子が言った。

「かしこまりました」

と、メイが落ち着き払って答えた。

惣之介が見るところ、この庵の主従の会話は、いたって口数が少なかった。だからといって、緊張した空気が漂っているというわけでもなく、和気藹々としているのだから、居心地は良かった。

師走なら寒々とした趣に包まれていても不思議ではなかったが、小屋の軒先にカキや味噌玉が吊るされているので、庶民的なところもあった。

離れ屋の方から笛の音が流れてきた。住人の中の誰かの調べであろうことは分かるが、他の生活を邪魔しない程度の響きだった。

「あなた、味噌屋などと侮ってはいけませぬ。いまや、戦になくてはならない物との話も伺っています」

「そうそう、小耳にはさんだのですが。家来衆が味噌の取り扱い方法について問いただしたところ、サルが答えたそうです」

「どうして、サルなのです？　主人や番頭は、どうしたのです」

と、常子は箸を膳に戻して尋ねた。

「誰も答えられなかったので、家来衆がサルを指名したのだそうです」

「おかしいのではないですか。何か実績がなければ、ありえない話です」

常子は、密かに期待しているサルを横取りされるとでも思ったのだろうか、原因究明に乗り出した。

「サルは、鍛冶屋に手伝いに行ったことがあるそうです。城では戦のために多くの刀を作らせていて、そのためにサルもかり出されたようです。そのとき、サルが皮鉄と心鉄を簡単により分けていたので早く出来上がったとのことでした」

「それで、サルは何か提案したのですか?」

常子は、鍛冶屋での話をそれ以上聞かずに、先を急いだ。

「サルは、まず一つ目はと、言ったそうです」

「他にも案はあると。して、何と言ったのですか」

「飴に練り込んでみるか、飴の中に豆味噌を入れてみてはと話したそうです」

「ほほう。して、二つ目は?」

常子は、先程から箸を膳に乗せたままだった。

「二つ目は、お話しできないと、突っぱねたそうです」

「ふふふふ、えらい」

と、常子が愉快そうに笑った。

暗黙のうちに、サルの再登録が承認された。それにしても、常子がサルを選んだ理由は何だったのだろうかと、惣之介は思った。縁戚を調べてみても、知人に聞いてみても、常子が日吉を選んだ理由が分からなかったからだ。

二人は、思い思いに箸を口に運んだ。膳には、小さなおはぎと吸い物が載せられていただけだったが、心がこもっているように思われた。

「母上、小豆ばかりでなく、大きい豆もはいっておりますが」

惣之介が、頬張らせて言った。

「小豆が足らなかったのでしょう。それとも、趣向でしょうか」

常子の口調からは、事前に聞かされていないようだった。

「堺で聞いたのですが、最近、鉄砲の注文が増えているそうです」

膳に箸を戻して、惣之介が言った。

「これからは、鉄砲が戦の主流になるでしょうね」

と、常子は関心を示さなかった。

鉄砲は、相手が思考する間もなく命を奪ってしまう兵器だが、まだ、戦に投入されることは少なかった。常子が危惧するのは、人の命が軽くなることだった。折角、世の中で生きてゆけるようにと育まれた命が、一兵器のために抹消されるはかなさは、表現しようがなかった。

常子は、戦乱の世を早く終わらせなければならないと願っていた。それには、多くの悲しみを背負った者、もしくは、多くの悲しみを背負える者が現れるのを待つしかなかったが、待てども待てども現れる兆候はなかった。

常子は、畿内を中心に情報収集に余念がなかった。客人からの情報もあったが、殆どの情報は使用人を派遣して得ていた。その中にあったのが、日吉に関する情報だった。詳しく調べてみると、日吉の生まれ年はサル、生まれた月もサル、生まれた時刻までがサルのようだった。

常子は、日吉が救世主になる人物とまでは考えていなかったが、変わった人生を歩むのではないかと、興味を抱いたのだった。

確かに、天下人に一番近いのは三好長慶であり、二番手が信長だったが、克服しなければならない障害が残っていた。それは、将軍義輝と管領・守護の排除だった。仮に実権を握ったとしても、将軍や管領・守護を残すのであれば、戦乱の世が収斂しないからだった。

六　裏の顔

一五四八年正月、日吉は今年も家に帰らなかった。春になったら奉公先を替えてみようと考えていたからだったが、家に帰っても義父がいるので居心地が悪かった。

三月になると、日吉は味噌屋の奉公を辞めた。日吉は、小さな風呂敷包みを小脇に抱え、久助が見つけてくれた空き家へ急いだ。空き家といっても、畑の中にポツンと建っている小屋のようなものだった。

奉公先を辞めたことは、日吉にとって衝撃的なことではなかった。悩んだのは確かだったが、侍になるためには、それほど大きな出来事ではなかった。ただ、母のなかが残念に思うことについては、少々心が痛んだ。

二日目、久助が大きなおにぎりを持ってやってきた。奉公先が二つ見つかったということだった。一つ目は、呉服の大店だったが、丁稚の末端に加えてやってもいいという話だった。二つ目は、桶屋の見習いで、奉公するかしないかはすぐに決めなくてよいというものだった。気軽さが気に入った日吉は、桶屋の見習いになることにした。

明日食べる当てのない日吉にとって、食事を心配しないで働けることは幸運なことだった。それに、桶屋の仕事はある程度知っていたので、億劫ではなかった。

日吉が、桶屋で働くようになってひと月が過ぎようとしていた。日吉が、小さな桶づくりに精を出していると、向かいの陶器屋から見覚えのある顔が出てきた。

日吉は桶作りのことなど忘れてしまったかのように外へ飛び出した。そして、陶器屋の暖簾を潜ると、

「もしかして、今のお武家様はご家中の氏家様ではございませぬか」

と、尋ねた。

「そうだけど、お前さん、知っとるんけ」

番頭が、帳場格子から身を乗り出して答えた。

「ああ、知っとるよ」

「どのくらいかいな」

「よけい知っとる」

と、日吉が答えた。すると、

「そんな仲なら、一つ骨を折ってくださいませんか」

と、帳場の奥の方から柔らかな声がした。

日吉が意味を飲み込めないでいると、姿を現したのは小太りで丸顔の男だった。それから、日吉の前に正座して続けた。

「もし、お前の口利きで、氏家様が手前どもの店によってくださったら、お前の好きなものをあげましょう。どうでしょうか」

陶器屋の主人が、あくまで低姿勢で話した。

「でも、氏家様が嫌がることだったら引き受けられない」

と、日吉は突っぱねた。

「そういうことではありません。氏家様とは、あくまで商いのお話でしたから、失礼なことではないと思っています。商いは儲けがあって初めて成り立つもの、利益を度外視しては成り立ちません。氏家様は、こうおっしゃいました。品物は良いのだが、その値では購入できないと。そして、値下げ出来ないのなら止めにするとおっしゃったのです。そして、私どもが、何かいい手だてはないかと考えているうちに行ってしまわれたのです。ですから、再び取引の話を申し上げたとしても、失礼はないと思うのです」

陶器屋の主人が、思わず熱弁をふるった。主人が桶屋の見習い風情にながながと講釈したので、店のあちこちに興味本位の顔が見られた。

「たとえそうだとしても、頼まれたからだとしか言えないのなら、やっぱり止める」

日吉は、物が欲しくて話しているのではなかった。

った。

「じゃ、こうしましょう」

と、陶器屋の主人が腕組みを解いて言ったのが、値段以外のことで便宜をはかるというものだった。

「分かった。でも、あんまり期待しない方がいいよ」

日吉は、それだけ言うと陶器屋を出た。

日吉は、氏家たちが茶屋で一休みしてから城へ帰ることを知っていたので、一足早く茶屋によって物思いにふけっていると、

「日吉ではないか。味噌屋を辞めたそうではないか。ここで何をしておるんじゃ」

と言って、氏家が近づいてきた。

「何かいい案がないかと思って考えていました。あっ、浮かんだー。ねえさん、これはどうだ」

日吉が茶屋の奥に向かって声をかけると、看板娘が出てきた。

「これなら、いいわ。絶対、当たるわよ」と、看板娘がはしゃいだ。

「何かあったのか」

氏家が、日吉に尋ねた。

日吉は、事の経緯を氏家に話した。陶器屋から言われたことも話したが、当事者の名前は伏せておいた。そして、良い品物をあまり値切るのは良いことではないと断言した。それよりも、商人たちが儲かれば、多くの商人たちが集まってくるので、城下町が豊かになるのではないかと暗

示した。

「そうか、日吉がそういうならそうかもしれないな」と、相棒の福富が言った。

日吉は、それ以上のことは言わなかった。先に看板娘に提案したのは、団子を三皿注文したら草団子一本がタダで食べられるというものだった。数量を限定すれば長続きし、商いにも客にも得な商品だった。

日吉の桶作りは、日を増すごとに職人技になっていた。竹釘で側板同士をくっつけるハギ付けも、竹箍を編んで箍入れをすることも、造作なく出来るようになった。

日吉が、いつものように桶作りに励んでいると、陶器屋の丁稚が迎えに来た。

「日吉どん、この通りです」

と言って、陶器屋の主人が頭を下げた。

「それじゃ、氏家様が立ち寄ったかね」

驚いた日吉が、尋ねた。

「そうなんです。日吉どんが口を利いてくれたお陰です。失礼ですが、なんとお話ししたのか教えていただければ、有り難いのですが」

「商いって、どちらも得にならなければ長続きしないと、申し上げましたが」

と、日吉は偉ぶることなく話した。

「そうでしたか、ごもっともなことです」

陶器屋の主人が、大きく拳を打って続けた。

「そうそう、お礼です。約束通りお礼をしたいと思いますので、何なりと」

と言って、日吉を促した。帳場格子の中の番頭も掃除をしている丁稚たちまでもが、日吉の口元に視線を注いだ。

「一年くらいでも、奉公してみたい」

日吉の口から飛び出したのは、誰もが想像していない言葉だった。

「えっ、そんなんでいいんですか」

陶器屋の主人が、目を丸くして言った。

「へえ」

日吉が、笑顔で返した。

「分かりました。番頭さん、よろしくお願いします」

と言って、陶器屋の主人は奥へ下がった。

日吉には、侍になる前にやっておきたかったことがあった。それは、知識の吸収だった。生きてゆく上での術が少なければ、多くの局面で徒労に悩まなければならなくなり、空しさだけを感ずることになりかねなかった。

父弥右衛門も言っていたが、上司の命令だけで動いていたら、命がいくらあっても足らないとのことだった。そのためには、上司の命令が正しいのかどうかを見極めるだけの知識が必要なのではないかと、日吉は考えた。

桶屋から陶器屋へと移った日吉は、毎日が楽しかった。何しろ、侍と会う機会が増えたからだった。そのため、各地で起きている戦の生々しい情報を聞くことが出来た。土一揆は百姓が起こす一揆だったが、それが、一向宗と結びつくと一向一揆へと発展する。また、本願寺の命令で一向一揆が起きることもあった。

商人も防衛のために浪人を雇い、自衛軍を持つことが多くなった。そうでもしなければ、野盗や一揆のために私財を消失してしまいかねなかった。

海外貿易などで巨万の富を築いた堺は、いち早く自衛軍を創設した町だった。雑賀衆《さいかしゅう》と組み防衛力を増強した堺は、独立国を思わせるような様相を呈した。

陶器を扱っているものとばかり思っていた濃備屋が、いろいろなものを扱っていることを知った日吉は、奉公人になってよかったと思った。

侍は、毎日のように顔を出していた。日吉には、どこの家中の侍か判別できなかったが、番頭が別室で対応するときには、金銭貸借であることが多かった。それも、大番頭が対応するときには百両を超えることが多く、十両単位の時には小番頭が対応しているようだった。

濃備屋の主人藤井伝右エ門は、大番頭が交渉した翌日に旅立つことが多かった。手代の話では、堺方面ということだったので、堺の貸金業の座に加盟しているのではないかと、日吉は思った。

「精が、出るのう」

日吉が、手代に言われた通り陶器の並べ直しを一所懸命していると、氏家が声をかけた。それから、

「いつもの茶屋で待っている」

と、耳元で囁いた。

日吉は、何のことだか全く見当がつかなかったが、氏家が店から出るのを見計らって、茶屋へ行ってみた。

「悪いのう、忙しいところを」

氏家は笑顔で挨拶したが、話は込み入ったもののようだった。

すると、早速福富が尋ねた。

「お前は、何故桶屋から濃備屋へ行ったのだ」

「はい。桶屋にいても杉と竹の話しかありません。陶器屋には、いろいろな人が出入りしているようなので」

「お前は、我々のことを何か話したか」

矢継ぎ早に氏家が尋ねた。

「前にも言った通りです。値段を下げたくないのなら何か譲るものがなければ、客は得をしたようには思えないと」

と言った日吉だったが、納得できない二人がいた。

「何か、気になることでも」

「つまり、もっと金を借りてくれということなのかもしれない」

福富が、ポツリとこぼした。

「これ」

氏家が、咎めた。

「いいじゃないですか。日吉は、これでもなかなかの者ですよ。だから、呼んだのでしょう。相談に乗ってもらった方がいいですよ」

日吉に相談してみようと言ったのは氏家の方だったが、福富が臆病風に吹かれている氏家にしびれを切らした恰好だった。

「それでは、申すとしよう。他言無用ぞ」

と、氏家が話し始めた。

食事のための陶器や装飾を取り揃えることは、予算の範囲内であれば取引を成立させることも出来たが、借財を増やすのは氏家たちが独断で出来ることではなかった。ところが、濃備屋が予算以上の取引に固執しているようだったので、迂闊に話に乗ることは出来なかった。予算以上の取引をするということは、借用する金額が多額になることを意味しているからだった。

「氏家様、予算以内で取引することが肝心だ。それなら、反対にこうしたらどうだ」

日吉が、頭を捻りながら提案した。

日吉が提案したのは、城で保有しているものを値段を確定した上で濃備屋に担保として渡しておくという案だった。それなら、わざわざ借用金額を増やさなくても予算以上の取引にも対応できるからだ。担保として差し出す物品は、別段高価なものでなくてもよかった。値段を確定することが出来ればよかった。

「日吉、名案じゃ」

氏家が、笑顔で日吉の肩を叩いた。

「言われてみれば、確かじゃ。どうして思いつかなかったのか」

と福富は、悔しがることしきりだった。

日吉の案なら一方的に氏家たちに加担したようでもなかったし、濃備屋の作戦を台無しにしたわけでもなかった。担保を緩衝材にして、仕切り直しをするようなものだった。

濃備屋へ戻った日吉は、陶器の並べ直しを続けた。店先の棚には、安価なものを並べることが多かったが、店内には高価な商品を何個か並べ客の興味を誘うようにしておかなければならなかった。ただ、本当に高価な商品は、帳場箪笥や蔵から出すことになっていた。

日吉が、店先の棚に並べてある商品の確認をして店内に入ると、小番頭が大番頭から大福帳を受け取っているのを見た。別室にどこかの家中の者が来ているのではと直感した日吉は、先程の侍ではないかと思った。その侍は、他の客に紛れるようにして暖簾を潜ったので、何となく記憶に残っていた。

夜になって、丁稚部屋に手代がやってきたので、日吉は質問をしてみた。すると、日吉より五歳ほど年上の手代が、得意そうに答えてくれた。

多くの城では、食いつないでゆくのがやっとの状態で、米の収穫があるときまで辛抱しなければならなかった。そのため、商人から金銭を融通してもらっては、利息を払ったり、便宜をはかったりしていた。

「商人は、米も持っているし、知恵も持っている。けれども、侍は米を持っていても、知恵を持っていないようだ」

と、手代が誇らしげに言った。

日吉は、成程と思った。侍の中には、商人を蔑んでいる者がいるが、全ての侍がそうかというと、中には算盤に長けた者もいて、戦に刀槍で貢献できなくても、計算で貢献できる者もいた。日吉は、自分が侍になり主君に貢献できるとすれば、計算の方ではないかと思った。計算方法は幾通りもあり、丁稚体験が役立ちそうだった。例えば刀剣づくりでは、銑鉄を早い段階で皮鉄と心鉄により分けられれば、効率的に玉鋼を作ることが出来た。また、米屋では、予め客からの注文が分かれば、一年を通して効率の良い商いが出来ることが分かった。その他に、交渉術があった。自軍の戦闘能力と相手方の戦闘能力を比較することが出来れば、無駄な戦死者を出すことなく戦を終わらせることが出来るのではないかと思った。

「どうなさったのです。その唇は」

惣之介が、常子を見るなり尋ねた。

「タカがしていたので、真似をしてみたのです。お似合い」

と、常子が唇を誇張するように動かして見せた。

「私には、分かりませぬ」

そう言って、惣之介が逃げた。

常子が唇に施した化粧は、唇を墨で塗りつぶした後、その上に紅を上塗りするというものだった。笹色紅と同じように玉虫色に輝くので、優越感を味わうことが出来た。

紅は、紅花の花びらに含まれる色素から作られるが、庶民にはとても高価なものだった。そこで、庶民の間では鉄漿水《かねみず》や墨などと廉価な紅を組み合わせるのが流行った。

「舎利寺の戦のあと、すっかり変わってしまいましたね」

玉虫色から逃れるように、常子が言った。政局が、玉虫色に安定することなど期待してはいなかったが、何かが変化すればよいという期待はあった。

「敵対していた氏綱へ舵を切ったのは、長慶の決断でしょう」

惣之介は、十歳で家督を継いだ長慶が、父三好元長の仇である細川晴元の傘下に入った決断にも驚愕したが、今度は長い間晴元と対立してきた将軍義輝や細川氏綱と手を結んだからだった。
それは、舎利寺の戦のあとでのことだった。この戦いに勝利した長慶がすぐさま動いた。長慶は、この機会に同族の三好政長を討とうと細川晴元に願い出た。けれども、晴元にしてみれば、政長も長慶も家来だった。特に政長とは、長年築いてきた信頼関係が揺らぐことはなかった。そこで、長慶は政敵でもあり、同盟者を葬ってきた政長を重要視する晴元と袂を分かつことにしたのだった

長年将軍に対峙してきた晴元に協力してきた長慶だったが、別の道を選ばざるを得なかった。その道は、誰もが予想もしなかった道だった。まず、和睦の斡旋にあたっていた六角定頼を味方につけると、敵将遊佐長教の娘を継室に迎えたのだった。

敵味方が再編成されると戦局が動いた。一五四九年、長慶軍は、江口城に立てこもっていた政長軍を攻撃した。政長軍は、安宅冬康と十河一存が一斉攻撃をかけるとあっけなく総崩れになった。そして、政長をはじめとする主だった武将が討ち取られてしまった。

江口の戦いは、長慶と政長の雌雄を決する戦いのようでもあったが、戦乱の世の縮図のような戦でもあった。

「将軍は、何を考えているのでしょう。ご自分の保身ばかり考えているから戦乱の世が続くということが、分からないのでしょうか」

常子は、情けなさでいっぱいだった。

「氏綱と手を組んでいるのは、拙かったのでしょうか」

と、惣之介。

「今一番強いのは、三好長慶軍。その長慶軍と氏綱軍が味方同士になったのですから、心強いことと思うのですが」

「将軍にとって、何が拙いことなのでしょう」

と言った惣之介だったが、まだ、多くの人生の機微に通じていないようだった。

「晴元にしても、氏綱にしても、将軍が信頼できないのでしょう。また、長慶が晴元に愛想を尽かすのも当然だったでしょうね。巷では、長慶が謀反したと噂されているそうですが、それは、気の毒なことかもしれません。長慶も多くの兵の命を預かる身です。自分の不甲斐ない主を見たら、安全な方を選ぶに決まっています」

と常子は、怒りのやりどころがないといった感じだった。

「これから、どうなると思われますか」

と、惣之介。

「氏綱軍は、何度も長慶軍に敗れていますから、一緒になった今は配下のようなものです。ただ、将軍義輝、晴元軍に敗れることはないので、晴元よりは優位でいられるでしょう」

「それでも、天下は治まらないのでは？」

「そうですね。将軍、管領・守護を戴いていては治まらないでしょうね」

常子は、そう言って、傍らにある太占に目をやった。それから、一枚の紙を手にして、徐《おもむろ》に言った。

「織田信秀は当年三十九歳、息子信長は十五歳、三好長慶は二十七歳になるかのう。破竹の勢いだった信秀も敗戦続きで、つい先頃には度重なる今川の攻撃で、安祥城《あんじょう》を失ってしまいました。城主信広と竹千代の人質交換も大きな損失だったでしょう。ところが、灯は点ったままなのです。長慶も、信長も、そして、竹千代も」

「事態が大きく動いたというのにですか」

「まだ、これからという見方も出来るでしょうが、長慶は先が見えた、終わったと見ることもできる……」

そこまで言って、常子は言葉を切った。頂点に一番近いところにいる男を外していいものかどうか逡巡したからだった。けれども、常子は思い直したかのように続けた。

「これほどまでに長く続いている戦乱の世。多くの者が収斂するのを願っているのは確かなことです。土一揆をはじめとする一揆が農民の突き上げなら、下剋上は武士による突き上げでしょう。既得権益の上で胡坐をかいているだけで、改革をしない権力者に撤退を迫っているのです」

常子は、長慶の父三好元長が一向一揆に追いつめられて自決したことも、その一向一揆を細川晴元が本願寺と与して起こしたものであることも知っていた。しかし、一向一揆は一度動き出せば、権力者晴元が制止しても、本願寺証如が諭しても制御できない厄介な集団だった。

「三好長慶は、晴元と手を切りましたが、相変わらず主は氏綱であり、その主は将軍義輝なのです。ですから、灯が大きくならないところからも、先は長くないのではと、考えています」

常子は一気にそこまで言うと、惣之介に微笑んで見せた。

「それは、大胆な」

「そうですか。竹千代は、人質交換で今川の人質になったでしょう。今川の灯が点りましたよ。それと、織田信秀です。連戦連敗でしたが、信長の灯が少し強くなったように思います」

「母上の太占は大したものだと思いますが、何故、三好ではいけないのか理解できませぬ」

三好長慶は、十歳で家督を継いでから並々ならぬ苦労をしてきているし、年齢も二十七歳と若かった。だから、他のどの武将と比べても秀でていると、惣之介は思っていた。

「あなたの申す通りです。ですが、よくお考えあれ。何故、戦乱の世は醜いのでしょう。信頼が次々と断ち切られていくからでしょう。三好をご覧あれ。兄弟の絆もしっかりしていますし、姻戚関係も良好のようです。他軍を圧倒しているのは、そのためなのです。しかし、それこそが最大の弱点なのです」

常子はそう言って、居住まいを直した。

惣之介は、そのように言われて迷いに迷った。心技体、いずれをとっても他の力士に優る大関が、不覚をとるようなことがあるというのか。ただ、惣之介は、敗れることもあることを知っていた。

惣之介は、剣には自信があったが、対戦する状況が変わった時、しばしば不安に襲われた。たとえ、自分の方が有利であっても、状況次第では不安がつきまとった。

「良い状態が長続きすればよいのですが、そのようなことは絶対あり得ません。自分の健康がすぐれない時には、戦法が変わることもあるでしょうし、重臣を失えば戦局が変わることだってあるでしょう。長慶の場合も、今はよき家来に恵まれて、将軍や管領・守護を圧倒できているのでしょう。けれども、何かが欠落した時、どのように対処できるかなのです」

常子の発言は、長慶の灯が燃え盛らないのを悲観したものだった。

「そのようなものでしょうか?」

と、惣之介は小首を傾げた。

「サルは、どうしていますか?」

常子が、方向転換した。三好長慶は、眩いくらいの満月だったが、日吉は新月にも至っていない状態だった。それでも、常子には気になる存在だった。

「サルですか。日吉はいじめにあって、桶屋で働いていました。最近、理由あって桶屋から濃備屋というところへ奉公にいっているようです」

惣之介は、日吉が濃備屋へ行くようになった経緯を把握していなかった。

七　千駄櫃

「お母。おら、侍になる」

日吉が、なかに申し訳なさそうに言った。

「やっぱり、商人も駄目だったかね」

と、残念そうに答えたなかだったが、萎んだ声はそこまでだった。

なかは、日吉が侍になることには反対だった。前夫木下弥右衛門が、戦で負傷してから思うように働けなくなった苦い体験があったからだった。そこで、商人にでもなってくれればと願っていたが、到頭その日が訪れてしまった。

「日吉、侍になるなら、頑張ってみぃー。でも、くれぐれも体に気をつけや」

と言って、励ました。それから、大切そうに袋を抱えてくると、

「これ、弥右衛門から日吉に渡してくれと、頼まれていたものだがな」

と言って、銭の包みを渡した。

「お母、恩にきる。せば、行くぞ」
「どこの、ご家中だ」
「末森城の信秀様のところだ」
「ちょっとまで、弟や妹にも会っていげ」

千駄櫃を背負った日吉の第一歩は、一五五一年（天文二十年）二月、中村の実家から始まった。この時日吉は十四歳になったばかりだったが、父の形見の千駄櫃を背負っても、違和感がなかった。

日吉は、信秀がいる末森城へまっすぐ向かうことも考えたが、針売りをしながら時間をかけて行くことにした。日吉は、まず熱田へと向かった。熱田は、商業都市として栄えていたので、熱田神宮を参拝してから末森城へ行こうと算段したのだった。

日吉の旅は、解放感に溢れていた。今のところ少々の銭があったので、贅沢さえしなければ旅は続けられると考えていた。

針は、思いがけなく売れた。山間部や町外れでは、素人っぽいところがよかったのか、客が離れなかった。また、日吉は、針売りだけの商人ではなかった。包丁研ぎもすれば桶の修理までもした。

最初、日吉は野宿することが多かったが、包丁や鎌研ぎをするようになると、納屋や母屋に泊めてもらえることが多くなった。すると、なんでも頼みを聞いてくれる便利な針売りがいると、噂されるようになった。

日吉の針売りは、思いもよらないくらいの人気だったので、末森城下へ入ったのは、三月も半ば過ぎになっていた。早速、日吉は情報を集めてみた。すると、信秀は昨年から体調がすぐれず臥せっているとのことだった。直談判が叶わないと知った日吉は、悩んだ。次の手としては、知人に頼んで紹介してもらうことだったが、末森城下には知り合いがいなかったので、出直すほかなかった。

日吉が、周辺の集落で針売りをしていると、信秀が亡くなったという情報が入ってきた。漸く侍になろうと一大決心した日吉だったが、信秀の死は出端をくじかれたようで堪えた。

けれども、信秀が死んだからといって、日吉は後戻りすることなど出来なかった。侍になることは、父弥右衛門と一緒に見た夢だったが、それは、貧乏の淵から抜け出したいという思いに他ならなかったからだ。

日吉は、悩みに悩みぬいた挙句、大うつけの信長を自分の目で確かめてみようと決断した。信秀の葬儀が菩提寺である万松寺で執り行われるということだったので、そこで、織田にするか今川にするか、決めようと思った。

やがて、決断の日が来た。日吉は、信長の行列が通ると予想される道路脇の畑で待つことにした。よく晴れた日だったので、豪華な行列が通るのだろうとばかり思っていたが、葬儀が始まる時刻になっても信長家中の者はだれ一人通らなかった。

日吉がおかしなこともあると更に小半刻待っていると、一人の韋駄天がタッタッタッと走り去って行った。けれども、日吉が目を疑ったのはその後だった。カッカッカッと蹄の音とともに姿を現したのが信長だった。そして、信長の後には十名の徒組と五名の鉄砲組が続いていた。

一団が走り去った後、日吉は叢《くさむら》の上に身体を投げ出し呆気にとられていた。あれでは戦ごっこではないかという思いに、支配されてしまっていた。

日吉が飛び起きたのは、半刻ほど経った時だった。反対方向からまた韋駄天の足音が聞こえたので、立ち上がってみるしかなかった。続いて小姓が行き、馬に乗った茶筅髷が行き、徒組、そして、鉄砲組が重そうに続いた。

日吉は、「海道一の弓取り」と人気のある今川へ行こうと思った。あの恰好では、大うつけは間違いなかった。出来れば、尾張に留まって命を賭けてみたかったが、あの出で立ちでは、とても先があるとは思えなかった。

日吉は、千駄櫃を背負うと、東海道には向かわずに山手の方へと向かった。針売りをしながら駿府へ行くのが一番良い方法だと思ったのだ。何といっても、銭をあまり使いたくなかった。それには、山手にある集落を渡り歩いてゆくのが一番だった。

針売りをして十日ほど経った頃、日吉は矢作川にさしかかっていた。日吉は川で体を清めた後、集落でもらったおにぎりを頬張った。豆味噌一粒を噛みながら、竹筒の水を飲み込むと、いつもと違った感触があった。

明日は、矢作川に沿って岡崎の辺りまで下り、東海道を行くことにしていた。銭はほとんど使っていなかったので、駿府に着くまでには木賃宿にでも一晩か二晩泊まろうと思っていた。

日吉は、疲れていたこともあって早く休んだ。それにしても、信秀の死は思いもよらないことだった。享年四十一歳という若さだったが、葬儀に駆けつけた茶筅髷には驚いただろうなどとうとうとしていると、激痛が走った。

「痛っ」

日吉が大きな声をあげると、大きな相手が、

「何っ」

と、声を荒らげた。

「踏んづけたのはお前だろう。謝れー」

日吉が、吠えた。

「こんなところで寝ているおぬしも悪いだろうが」

大きな相手が、怒鳴った。

「ふん、謝らんのか。武士のくせに、礼儀もわきまえぬのか」

と、日吉は怯むこともなく、鼻で笑ってやった。

「何を、小癪な」

と言って、大太刀に手をかけた。

「武士のくせに、議論も出来ねえのか」

日吉は怖かったが、ここが反撃の機会ととらえたようだった。

「そうか、武士の情けだ。名前だけは聞いておこう」

野武士が、刀を抜きながら言った。

「日吉だ。中村の日吉だー」

上ずった声を精一杯張り上げた。けれども、体中の震えは抑えようもなかった。死ぬかもしれないと思うと、冷静な自分を見つけ出すことなど不可能なことだった。

日吉は立ち上がると、相手の顔をじっと見た。すると、何故かしら心に余裕が生まれてきた。

日吉は、相手の様子を窺ってみた。すると、どうしたことだろう、野武士に動揺しているのではないかという仕草が見られたのだった。一度刀が振り下ろされれば、何もかもが一掃され、事態の決着がつくというのに、有利な側にいるはずの相手が動揺していたのだ。

日吉は、もしかしたら逃れられるのではないかと思った。相手の顔に変化が起きた瞬間、どちらかに動けばいいのだ。

「おおー」

暗闇を怒気が割いた。

「あっ」

と日吉がよろめき、尻餅をついた。

暫くの間、夜空にも、木々にも、人にも静寂が続き、それから、どよめきが起こった。それは、固唾をのんで見守っていた手下どもが、緊張から解放された瞬間だった。

状況からすれば、確かに野武士が刀を振り下ろし、日吉が尻餅をついたのが分かったが、どちらも怪我一つせずに無事だったのだ。そこには、予期せぬ者の存在があった。一人の男が、日吉を押しのけるようにして前に出、野武士の剣を受け止めていたのだった。

「およしくだされ。相手は、刀も抜いておりませぬ」

間に入った若侍が、言った。

「小僧、これで終わりだ。助かったな」

「謝らぬのだな」

「武士は、簡単には謝らぬ。それに、おぬしは儂の主でもあるまい」

「それなら、家来になればいい」

「武士が、武士でもない奴の家来になるか」

「おらは、これから武士になるんじゃ。だから、武士じゃ」

「ほほー、いずれの武将に仕えるんじゃ。大したこともあるまい」

「〝海道一の弓取り〟と、噂されている今川じゃ」

「それなら、考えんこともないぞ。おぬしが今川のご家来衆になったら、蜂須賀党の者どもを引き連れて、家来にならんこともない。ただ、その前に……」

と、野武士が言った。

「何じゃ。その前にというのは」

「儂が出す問題に答えたら、このまま見逃してやろう。間違えたら、取り敢えず儂の子分になれ」

「子分？　お前の子分になったら、今川に仕官できないじゃないか」

「二、三か月でいいんじゃ。その後で駿府に行ったらいい」

「本当に二、三か月だな。それで、問題は」

「いいのだな」

「武士に二言はござらぬ」

と、日吉。

「それでは、申そう。儂の先祖は、清和源氏足利氏の一族と言われている。さあ、本当であろうか、なかろうか？」

小六は、顎髭をつまみながら、日吉に問うた。

「そうであるはずはないだろう。足利と言えば、落ちぶれたといっても将軍家じゃろうが」

「本当なんだよ。儂の先祖は、守護斯波氏にお仕えしたこともあるのさ。おぬし、蜂須賀城があったことも知らんじゃろうが」

「知らないさ」

「おぬしの負けだ。さあ、どうする。家来になるのか、笑われ者になるのか」

「ああ、なんてついてないんだ。家来になってやるよ」

「おお、よくぞ申した。約束を違えぬ奴は、いい大将になるぞ」

「二、三か月だな。約束を守れよ」

一件が、落着した。日吉は、命を助けてくれた若侍に礼をするのを忘れていなかった。若侍は、野武士たちとは出で立ちが違っていた。小六たちのように甲冑の類は身にまとっていなかったし、袴さえ身に着けていなかった。

「ありがとうござった」

日吉は、侍言葉を使い、丁寧に頭を下げた。若侍は、少し頷いただけだったが、どこか親しみやすさがあった。

小六主従八人は、叢の方で休んでいるようだったが、若侍は、それとは反対の方で一人一夜を過ごすようだった。

日吉は、それにしてもと思った。ほんの一刻で状況が変わってしまったからだった。今川への仕官を求めて旅をしていたのに野武士の手下になったり、刀の餌食になりそうになったりと、運命の目まぐるしさを体験したからだった。

これから、二、三か月の間にどのような運命が待ち受けているのかと、日吉は思った。城下町にいれば平穏な毎日があったが、そこから出た途端、荒海に放り出された小舟のようにままならなくなるのだから雲泥の差だった。

日吉は、自分が選んだ道だと、自分に言い聞かせるしかなかった。月が雲間に隠れ、川の流れが遠ざかっていった。日吉は、再び、この道は自分で決めたことだと、言い聞かせた。

誰かがはしゃぐ声を聞いて、日吉は目を覚ました。

「飯ができるまでの間、おぬしも手伝え」

小六が、大声で叫んだ。

「おおー」

日吉は、拳を高く上げた。それは、目覚めた時の背伸びのようでもあり、次の行動へ移るまでのつなぎのようでもあった。

日吉は、だんだん自分の立場を自覚しつつあった。そして、間もなく親分子分の関係だったことを確認した。二、三か月の間は、蜂須賀小六の子分でなければならなかった。

河原の大きめな石を飛び跳ねてゆくと、何本もの褌が空にたなびいていた。青色や黄色の中に赤い褌が一本混じっていたので、小六のものに違いなかった。昨夜、小六が日吉を威嚇した時、赤色の手拭いを腰にぶら下げていたからだった。

日吉が小六の側に行くと、そこにあったのは解《ほつ》れた草鞋の山だった。

「やり方は、三吉に聞け。なるべく頑丈に直してくれ」

小六が、笑顔で言った。これから武士になろうとしている小僧に何が出来る、今に顎を出すだろうと思っているようだった。

「藁は、どこにある」

子分から早く抜け出そうと考えている日吉が、尋ねた。

日吉は、朝飯が始まる前に七足あった草鞋を全て修理し終えていた。藁を継ぎ足してほころびを直したのが五足、あとの二足は一から作り直した。

「おぬし、かなりのやり手だ。どこで、奉公してきた」

興味を持った小六が、尋ねた。

「布屋、味噌屋、それから、桶屋だ」

「頭、桶を直してもらいましょうや」

手下の三吉が、言った。三吉は相撲取りのような体格だったが、気が弱かった。

「それじゃ、あの桶を直してもらおうか」

小六は、日吉が相当苦労したのではないかと、思った。まだ、何故なのかまでは分からなかったが、年恰好からみて、どの職業に就いたとしても、半人前のはずなのだ。

四半刻もしないうちに、日吉が桶の修理を済ませて、川の方からやってきた。川へ行ってきたのは、水漏れがないか検査をしたからだった。

「ご苦労。飯が済んだら昼まで休んでくれ」

そう言った後で、小六はしげしげと日吉を見た。今まで見てきた者と異なるように思えたからだった。

小六は、日吉がどのような侍になるのだろうかと気になっていた。見るところ、武術がすぐれているようには思えなかったし、腕力があるとも思えなかった。ただ、恐ろしいほどの何かを持っているように思えた。

小六軍団の朝食は、雑炊のようなものだったが、どこから集めてきたのか、大きな芋や干し魚が入っていた。けれども、十人もの男が食べるので、あっという間に終わった。

朝食の後片付けは、三吉と文五の相撲コンビだったので、他の者は思い思いのことが出来た。日吉は、大きな岩の上で転寝を始めた。那古野を出てから針売りを続けてきた疲れが出たようだった。

一刻ほどまどろんだ日吉は、騎乗して疾駆する信長に起こされてしまった。韋駄天が走り、小姓が走り、茶筅髷が続いた。その後を徒組と鉄砲組が追う。日吉は、理にかなっているのではないかと、思った。しかし、それは配下の者どもが形を整えているだけのこと。努々信長の指示でそうしているわけではあるまいと、一人納得した。

昼近くなると、いい匂いが漂い始めた。

「飯が、出来たぞー」

という声が、銅鑼の音と一緒に響き渡った。

昼めしが終わると、一団の動きが忙しくなった。褌の締め直しから始まり、籠手や銅丸をつける者までいた。それから、一団は小六の周りへ集まり、命令を待った。

「今夜は、豊田を襲撃する。人を殺すのはよせ。危ないと思ったら、いつでも逃げろ。いいな」

小六が、大声を張り上げて言った。それから、若侍と日吉のところへやってきて、

「先生は、後方に控えてください。いつもの通り」

その後で日吉に、

「おぬしには、最後尾を頼む。川岸近くにいて、皆を無事に逃がす役目だ。上流では、雨が続いているそうだ」

と言ってから、一団のいる方へ向かった。

日吉は、いよいよ始まるのだと思った。ただ、少人数では戦などは出来ないので、小競り合いの類か、押し込み強盗ではないかと思った。小六の一団が行き、若侍が着流しで行き、その後から日吉が追った。

川を渡った一行は、林道に沿って進み開けた場所へ出た。日がまだ沈んでいなかったので、一行は休憩をとることにした。矢作川の塒《ねぐら》を出てから半刻が過ぎていた。やがて、物見が帰ってきて小六に告げた。

「手筈どおりでがす」

「そうか、ご苦労」

と労った。それから、小六は物見が差し出した食料を受け取ると、皆に振る舞った。

日がすっかり落ちるのを待って、一行は町へ向かって動き始めた。予め申し合わせておいた行動なので、小さな集団は統率が取れているようだった。

日吉は、若侍を残して川岸へと移動した。日吉の役目は、一仕事済ませて疲れている仲間を向こう岸まで渡らせることだった。ところが、月光に照らされる川は、昼とでは趣が違ってきていた。

日吉は流れの中に入り、具《つぶさ》に川の様子を観察した。すると、対岸までの距離が遠くなっていて、川岸の葦が水没しているのが分かった。日吉は、小六が上流の方で雨が降っていると言っていたことを思い出し、走り出した。

「こんばんは、こんばんは」

日吉は、どんどんと板戸を叩いた。しかし、声は聞こえたものの現れる者はだれ一人なかった。

時間のない日吉は、構わず板戸を開けて中へ入った。すると、四十から五十代の男が、足をふらふらさせながら出てきた。

「おみゃー、見たことないの。一体どこのどいつだ」

と、真顔になって言った。

「やっとかめ、中村の日吉だがね」

と日吉。

「ほうだったがね。それで、どうした」

「困っているので、おみゃーの舟借りたいけど、どうがね」

「ほんまに、やっとかめ？　日吉？　ああ、久んとこの良造《よしぞう》け」

「んだ」

兎に角、日吉には時間がなかった。

「それで、なんだって。もう一度言ってくれ」

「おみゃーの舟、貸しとくれ。分かった？」

「久んとこの良だな。いいよ、持ってけ」

と言って、赤ら顔がふんぞり返った。

「ありがとう」

と言って、日吉は銭の入った包み紙を置いた。これ以上長引かせてはいけないと考えてのことだった。

「何艘でも構わんけど、川岸の高いところへ繋いでおいておくれ」

赤ら顔が、うつぶせのままたわ言のように言った。

日吉は、舟が繋いである川岸へと急いだ。そして、手頃な舟に乗り込むと、対岸の塒側へ向かって漕いだ。もう、半刻が経っていたので、小六一団が川岸に着いてもおかしくなかったからだ。日吉の気持ちは、急いた。舟を木に繋ぎ留め、向こう岸まで泳いで引き返さなければならなかった。日吉は元の場所へ戻ると、また別の舟に乗り込み若侍が待っている川岸の近くまで移動した。

雨が降り出し水かさが増してきた。この様子だと、四半刻も経たないうちに大人の背丈を超える水量になることが予想された。

日吉が川岸で待っていると、二つの影がやってきた。雨が強く降っていたのでよく見えなかったが、二つの影を追う三つの影を確認することが出来た。影は、小さくなったり大きくなったりしながらやってきた。そのうち、後ろの二つの影が消え、やがて三つ目の影も動かなくなった。

「日吉、助けてくれー」

と叫んで現れたのは、三吉と文五だった。

「早く、舟に乗れー」

日吉は舟を流れに出しながら、手招きを繰り返した。

続いて三人の仲間がやってきた。素早く三人を乗せた日吉は、舟を出す決心をした。残りの仲間には、何とか頑張ってもらうしかないと考えてのことだった。

日吉は船頭を経験したことはなかったが、運が味方してくれた。急流と化した川は、大きな岩をかわしながら、舟を左へ左へと運んでくれたからだった。そして、舟は日吉たちが朝食をとった辺りへ、辿り着いたのだった。

けれども、日吉の役目はこれで終わったわけではなかった。そのため、日吉は上流目指して駆け出していた。何としても、残る四人を救出しなければならなかった。

上流に繋いでおいた赤ら顔の舟は、無事だった。このようなこともあろうかと、木に繋いでおいたのがよかった。日吉は急流に舟を出すと、対岸に向けて漕いだ。上流から流れ落ちてくる草木に行く手を阻まれたり、波に飲み込まれそうになったりと、悪戦苦闘の連続だったが、何とか若侍の待つ辺りへ漕ぎつけることが出来た。

川岸では、死闘が繰り返されていた。小六の仲間は三人だけで、その三人を必死に守っているのが若侍のようだった。そのうち、日吉の舟を確認した小六が若侍に促した。

「先生、早く乗ってください」

日吉は、舟が流されないように川岸に止めるのに必死だった。とうに舟の存在は敵にも確認されているので、舟自体が攻撃対象になっていた。やがて、若侍は邪魔する敵をなんとか倒し、ついに乗り込むことに成功した。

続いて小六が二人の手下に促され、いやいや乗り込んだ。けれども、小六が乗り込んだ途端、舟が岸を離れてしまった。それは、このままでは危険だと感じた手下の一人が、日吉が絡めておいた枝を岸から切り離してしまったからだった。

「なんでだー」

小六が、悲痛な声で叫んだ。自分のために必死で戦ってきた仲間を見捨てることなど、とても出来ることではなかった。手下が、川岸で骸になるにしても、急流の餌食になるにしても、とても耐え難いことだった。

ところが、小六の叫びに呼応したかのように、奇跡が起こった。舟が川の中ほどまで押し流された時、大きく傾いたのだった。日吉、小六、若侍の三人は、死に物狂いで船べりにしがみついた。揺れが激しく、少しでも油断すれば、激流の中に投げ出されるからだった。

「頭――」

大きな揺れが続く中で、か細い声がした。続いて、

「おいていかないでくれー」

という、作り声のような声色。

「ワハハハ。うちは、いつもこうなんだ」

小六が、船べりから手を放して破顔一笑した。

一行が仲間と合流したのは、間もなくしてのことだった。小六一団は二人増加して十人になっていたが、二人は別動隊として行動していたようだった。そのうち、酒盛りが開かれた。おにぎりと酒と肴だけのささやかな酒宴だったが、満足感が漂っていた。

今夜標的にしたのは、豊田にある油問屋だった。ただ、小六一団が狙ったのは、油問屋に押し込んだ盗賊から銭を横取りすることだった。まんまと横取りに成功した小六一団だったが、横取

りされた盗賊にも意地があった。そのため、小六一団を追いかけることになり、斬り合いになってしまった。

そこで、展開を有利に進めることが出来たのは、若侍の存在だった。横取りに成功した小六一団は、無理な戦いをせずに助っ人のところまで辿り着くことが出来れば、目的達成の可能性が高かった。

「おぬし、よく舟を用意してくれておいたのう」

と、小六が日吉を褒めた。

「少し上流の方で借りた。呑兵衛父つぁんからだ」

日吉が、おにぎりを頬張りながら言った。

「おぬし、舟を操ったことはあるのか」

「ないよ。舟が、勝手に動いたんだ」

と、日吉が本当のことを言った。

「後から来た二人も助かったから、おぬしには感謝だぜ」

小六は感極まったのか、そっと顔に手をやった。

「舟が岸を離れたんで焦ったよな。でも、こいつが離したっていうんで、少し遅れて飛び込んだのさ」と、手下。

「何故、遅れなきゃいけないんだ」

小六が、憮然として言った。すぐに飛び込めば、手を差し伸べることも出来たと言いたいのだろう。

「うちの爺様が、言ってたんじゃ。何も死に急ぐことなんかない。ゆっくり行った方がいい時が、なんぼでもあるんじゃ、とな」

暗闇の中に笑い声が響き渡った。小六の考えでは、扶持を失った武士にも生きる権利があるとのことだった。そこで、盗賊が掠め取った一部を拝借して食いつないでいるのだったが、決してそれでいいと思っているわけではなかった。

八　呑兵衛

一仕事終えて十日ほど経ったある日、小六が皆を呼び集めて言った。

「明日の夜、一仕事ある。みんな、準備しておくように」

「おー」

誰彼となく、一斉に声が上がった。

日吉は、離れた方で桶の修理をしていた。側面の板が外れてしまったので、箍を外して修理する必要があった。ハギ付けをし、底板をはめ込み、箍を取り付けようとしていると、小六がやってきた。そして、

「前回と同様に、頼みたい」

と、寂しそうに言った。

「分かったよ」

日吉が、親分に向かって言った。今しばらくは、約束を守って子分でいなければならなかっ

た。

小六は、林の中にいた若侍の方へ行って、何やら話していた。その様子を見ていた日吉は、二人の関係がどのようなものなのか考えてみた。見たところ、主従関係ではなさそうだったので、何らかの縁で出会い、謎解きにでも負けたのではないかと思うことにした。

それでは、着流しの若侍の正体は、誰だろうかと考えを飛躍させてみた。品のよさそうな小袖を着て総髪の長身ともなれば、医者や学者のようでもあったが、剣の腕を見れば公家のようではなさそうだった。

日吉は、若侍の凄腕を穴が開くほど見ていた。あの悪条件の中、追っ手の打ち込みをひらりとかわしては、鋭い一撃を食わせていた。ただ、それらの一撃は、峰打ちだった。日吉は何故なのかと思ったが、追及することはしなかった。

夕方になると、褌の吹き流しが空にたなびいた。六尺褌の中にあって小気味よく揺れているのが割褌《わりふんどし》と畚褌《もっこふんどし》だ。風に吹かれ夕焼けに照れている褌は、三吉と文五の物ではないかと、日吉は思った。

その夜、小六の鼾《いびき》が夜空にこだました。余程疲れているか緊張しているかのどちらかだろうと日吉が思っていると、女にうなされているのではないかと文五が言った。小六には許嫁がいたが、あまり不器量だったので、逃げ出してしまったと話してくれた。その許嫁が、時々小六の夢の中に出てきて酌をした。しかし、そんな夜には決まって鼾が高くなるとのことだった。

一夜明けると、鼾を忘れてしまったかのような小六がいた。元気な小六は、武具の検査を具にして歩いた。鉄砲こそなかったが、籠手や頬あて、胴丸や短い槍などを見て歩いた。

一団が動き出したのは、夕方近くになってからだった。小六の話では、斎藤道三から夜討ちをかけたいので手伝ってくれと、内々に言ってきたとのことだった。夜討ちをかけるのは道三方で、火を放った者たちを逃がすのが小六の役目のようだった。

酉の刻、砦の中から火の手が上がり、小六一団が固唾を飲んで待っている前を二人の兵が走り去って行った。そこで、小六一団は約束通り追っ手を塞いだ。けれども、敵兵が予想よりも多かったので後退せざるを得なかった。

敵兵は、追いかけてきたままの勢いで小六の一団に襲いかかった。三十人を超える敵兵を抑えることは、容易ではなかったのでなおも後退せざるを得なかった。

小六の一団は、やっとのことで若侍と合流できたものの、勢いを盛り返すことは出来なかった。何しろ、若侍を常に数人で囲んで攻撃するので苦戦を余儀なくされた。いかに凄腕といえども、仲間を後退させるのが精いっぱいだった。

川岸では、日吉が今か今かと待っていた。小六の話では、請負だから簡単に済ませるということだったので、難しいことになるとは考えていなかった。しかし、敵兵を見た日吉には、すぐさま緊張が走った。味方の一団が押されまくっているのがすぐに分かったからだ。

そこで、日吉は、逃げてきた仲間に灯に沿って逃げるように指示した。それから、若侍が到着するのを待って、細工しておいた前線の油に火を放った。火は瞬く間に小枝や枯れ草をも巻き込んで勢い良く燃え上がった。兵法の実践は、敵兵のど肝を抜くには効果的だった。

一団は、何とか川を渡り切り、迂回していつもの場所へ戻ることが出来た。けれども、安心したのもつかの間のことだった。負傷した仲間の一人が苦しみだしてしまった。軽いとばかり思っていた脇腹の傷が、意外と深かったためだった。負傷者は他にもいたが、皆はこの者のために奔走した。

日吉には、医者と薬の手配が割り当てられた。けれども、小六一団が塒にしていた場所は、人里から離れたところにあったために、民家まで行くのは大変なことだった。

もう夜も更けていたので、日吉は灯の点いている家だけを訪ねては、医者の居所を知らないかと尋ねてみた。しかし、なかなか簡単に見つけることは出来なかった。

気が付いてみれば、随分上流まで来ていた。日吉は、何も得ぬままで帰るのが辛かったので、川岸に出て月を眺めていた。ほとほと疲れた時は、気分転換を図るのが一番だったからだ。滔々と流れる水、月光を遮っては流れる雲、塒で囀く鳥の声、そして、樹々の生ける音までもが感じられた。

日吉は、自分の帰りを待ちわびている人たちがいるというのに、何とのんびり構えているのだろうと、思った。一軒でも多くの家を訪ね歩いて、怪我人のために尽くすべきではないかと思案して、待てよと考えた。

「呑兵衛爺がいたではないか」

と、膝を打った。

日吉は、走った。呑兵衛爺の家は定かではなかったが、灯の点いている家に向かって走った。

「こんばんは、日吉だにゃー」

「おおー、久んとこの良造だったのう。その良造がどうした？　また、舟んがねえ。いいよ、いいよ、持ってお行き」

赤ら顔が、言った。

「そうでねえがね。今日は、酒が欲しくて来たにゃ。酒を少々分けてくれねえがね」

日吉が、赤ら顔に調子を合わせて言った。

「それは、出来ねえ話だ。ところで、酒はお前が飲むんか。何に使うんだ」

「怪我人が出て、薬代わりに使うんじゃ」

「おみゃー、上手いんこと言って、おみゃーが飲むんじゃろう」

「そうでねえがね。あるんだろう、早く」

「ほうら、飲んじゃったよ」

と言って、赤ら顔が最後の一滴まで飲んでしまった。

「酒は、どこへ行けばあるんだ。医者は、薬は」

日吉は、赤ら顔が恨めしくなってきた。今、人が亡くなろうとしているのに、関係のない顔をして飲んでいるからだった。

「酒は、本当にないのか」

「薬なら、あるぞう」

「そうじゃなくて、酒はないんじゃろう」

「そうだけど、ハハハハ」

「医者は、おらんのだろう」

「そうだけど、ハッハッハッ」

「帰るぞー」

赤ら顔に付き合っているのは、際限のないことだった。そこで、日吉は引き揚げることにしたのだ。

「おみゃー、儂をおいてゆくのか」

日吉が戸を閉めようとすると、赤ら顔が言った。

「持って帰るのは、薬じゃ、酒じゃーに」

と、日吉。すると、

「わしゃ、薬じゃ」

と、赤ら顔が言ってはみたが、何が何だか分からないようだった。そのため、日吉が呆けた顔をしているのを見て続けた。

「表の看板に、医者だと書いてあるじゃろが」

「えっ」

日吉が、驚きの声を上げた。

日吉は、すぐに納得することは出来なかったが、医者だとすれば連れていかないわけにはいかなかった。そこで、必要なものを取り揃え、川岸へと連れ出した。ここから皆が待つ塒までは半刻もかからないと思うと、日吉の鼓動が高鳴った。赤ら顔に自信は持てなかったが、念願の医者を探し出したのだから、どこか満ち足りていた。

日吉の舟が着くと、大きな歓声が上がった。しかし、歓声は徐々に溜息へと変わっていった。それは、日吉の舟に乗っていたのが赤ら顔の妙な男だからだった。

赤ら顔の医者は、足をふらつかせながら患者に近づくと、もっと湯を沸かすように指示した。それから、患者の衣類を引き裂いて、傷口を露わにしてみせた。

暫くの間、赤ら顔の医者は無駄口ひとつ言わずにいろいろ施していたが、小六を傍らに呼んで、首を横に振った。

小六は、皆を呼び集めると、死んだ仲間を川岸の小高いところへ埋葬した。そこには、疑心暗鬼が渦巻く戦乱の世で、小六を信じて行動を共にしてくれたことへの感謝があったからだった。小六の感謝は、他にもあった。仲間の家族のもとへの届け物を、三吉と文五に託していた。

「日吉には、医者を送り届けて欲しい」

小六がそう言って、小さな包みを日吉に渡した。

日吉が、舟で赤ら顔を家まで送って戻ると、小六たちが焚火を囲んでしんみりと語り合っていた。

「お疲れ様。あいつも医者に看取ってもらえたんだから満足じゃろ。それにしても、よく医者が探せたものだ」

小六が、感心して言った。

「殆ど、諦めていたんだ。最後に立ち寄ったのが、前に舟を貸してもらった家だったんだ。呑兵衛なのは分かっていたから、酒を分けてもらいたいと頼んだのさ。そしたら、出来ないというもんで、帰ると言ったんだわ。ところが、儂を連れて行かないのかと言うもんで、足手まといだと断ったんだわ。そうしたら、わしゃ医者だぞって言ったんだ」

と、日吉が赤ら顔の医者を連れてきた経緯を話した。

「誰が見てもあれじゃな。でも、名医かもしれないな」

と、小六は赤ら顔の医者が処置した様子を、手ぶりを交えて話した。

赤ら顔の医者の話が一段落すると、小六が思わぬことを言った。義賊まがいの行動を辞めて仕官すると言い出したのだ。

「えっ」

日吉は、思わず声を上げた。

「おぬしは、今川へ仕官しようと思っているんだろう。何故、今川なのだ。現状をどう見ているんだ」

　と、小六が日吉に尋ねた。

「おらは、侍になりたいだけだ。いくらかの扶持をもらって、おっかあに楽をさせてやりたいんじゃ」

　と、日吉が侍になる目的を述べた。

「この戦乱の世で侍になるということは、あの世へ近づくということになるが、分かっているのか」

　小六が、日吉の覚悟の程を聞いた。

「そりゃー、そうだな。戦に出ることも多くなるから、そうかもしれねえな」

日吉は、そう言ったきり無口になった。小六に死について問われ、なにか迷いがでたのだろうか。けれども、日吉は続けた。

「死ぬのは怖い。でも、生きているのだって怖いんだ。おらは、やっぱり侍になる。おっとうと見た夢に向かって進む」

「おっとうとは、どんな夢を見たんだ」

　この男、どこかが面白いと、小六は思った。

「侍になる夢さ。それから先なんて、分からない」

日吉が、目を輝かせた。

「おぬしは、何で今川なんだ。生まれは、尾張だろうが」

「本当は、信秀様に仕えたかったんだ。だけど、死んじゃったから信長様も考えてみたんだけど……」

「大うつけだから、止めたんだろう」

日吉の話を受け取って、小六がしめた。

「それは、まだ分からないんだ。それなら、今川じゃないかと考えてね。ところで、頭はどうするんだ。俺の家来になるのか？」

と、日吉が切り返した。自分のことばかり話して、相手の情報を得ないのは片手落ちなのではないかと、考えてのことだった。

「家来になってもいいが、今のおぬしでは仲間を食わせて行けないからな。儂は、斎藤道三の家来になろうと思う。あれでいて、忠義を尽くした者には義理堅いそうだ。それに、先祖が仕えていたこともあるしな」

と語った小六だったが、子分たちに語り聞かせるという風でもなかった。対等といった感じでもない、どちらかというと一歩引いた感じだった。

「どうして、斎藤道三なのさ。いくら頭が良くても、歳だろう」

と言う日吉は、どこから情報を得ているのだろうか。

「そうなんだが……。それじゃ、都へ行って三好軍にでも入るかとも考えたが、止めることにした。三好軍は、めっぽう強いよ。だが、今やほったらかしにしておけない存在のようだ。細川晴元が主家だったけど、細川氏綱を主家にしたようだ。そうしなきゃならない理由があるんだろうけど、遠くから見ているとさっぱり分からない。いっそ、三好長慶が将軍になった方がすっきりするんだが」

都の政争が、地方にまで飛び火していると、小六は言いたいようだった。

「あのう、一ついいかい。おみゃー今川の家来になると言うけど、当てはあるのかい」

小六の仲間の一人が言った。

「そんなものはねえ」

と、日吉。

「だったら、ご家来衆の松下之綱という人を訪ねるといいそうだ。面倒見がよいとの噂じゃ」

「覚えておくよ。ありがとう」

と、日吉がお礼を言った。

日吉にとって今川への仕官の情報は、喉から手が出るほど欲しかった。その情報が、遠方に居ながらにして手に入ったので、飛び上がるほどうれしかった。

「ところで、若いお侍さんは?」

と、日吉が盃に酒を注いでいる小六に尋ねた。

「あっちで休んだと、思うよ。今日は、さすがに疲れただろうから。何か話でもあるのか？」

「お礼を言いたいと、思ってさ。今日もだけど、前にも危ういところを助けてもらったからさ」

日吉が、焚火に木を足しながら言った。

以前、日吉は城下町の道場を覗いたことがあったが、道場の師範と言えども、若侍には遠く及ばないと思った。

「先生は、塚原卜伝に習ったこともあるらしいぜ。だけど、自分の剣を極めたいのだろう。仕官すれば十分に食っていけるのによ」

羨ましそうに話した小六だったが、どこか自信ありげだった。

翌朝の別れは、清々しいものだった。思い思いに頭を下げては、若侍は西へ、小六一団は北へ、そして、日吉は南へと旅立った。

日吉は、いつになく晴れ晴れとしていた。小六からは少々の銭をもらい、小六の手下には月代を剃ってもらったからだった。握り飯と味噌が入った千駄櫃は少し重かったが、駿府への夢は一杯だった。


日吉が、駿府の今川城下に到着する前、惣之介は庵を訪れていた。

「長い旅でしたこと」

心配から解放された常子が言った。

「母上、驚かないでください」

笑顔を抑えきれない惣之介が、口を開いた。

「何かあったんですね」

常子が顔いっぱいに興味を示すと、惣之介が我慢できないとばかりに続けた。

「サルが、出たんですよ。矢作川の上流で」

「山にサルがいたとしても、当たり前のことでしょう」

「私の側まで来たんです。こんなに近くまで」

「あなたは、美濃まで何のために行ったのですか」

「刀をもらい受けに行きました。ですが、その途中でサルを見たのです」

「そなたに言われなくても分かりますよ。山にサルがいることも、サルと出くわすことも。そなたがこんなに遅くなった理由を聞いているのよ。まさか、サルと話していたから遅れたと言うんじゃないでしょうね」

常子の顔が、不機嫌に変わった。

「それもありますけれど、刀を受け取った後で盗まれてしまったので、遅くなってしまったのです」

「それみなさい。そのようなしくじりをしているから、サルにも揶揄《からか》われるのですよ。それで、刀はどうしてあなたのもとへ戻ったの」

「それは、そのー」

とまで言った惣之介だったが、次の言葉がなかなか出てこなかった。

「誰かが、届けてくれたの」

常子は、強く押してみた。

「はい、野武士の頭が」

「野武士って、そなた。盗みを働く輩でしょう」

「盗賊が盗んだものを横取りして暮らしているようです」

「それを、盗賊というのです。まさか、そなた。盗みの片棒を担いだのではないでしょうね」

「私は、ただ、皆を安全に逃がすように助太刀しただけです」

「それは、片棒を担ぐというんです」

と、常子は呆れかえった。

惣之介は、居心地が悪くなったのか、名刀「蜉蝣一期」を常子の前に置いたまま、厠へ向かった。漸く、土産を買って帰ってきたというのに、この有体に自分自身に腹が立った。

惣之介が部屋に戻ると、そこに先程までの常子はいなかった。そして、にこやかな顔で尋ねたのだった。

「そなた、駿府で変わったことがあったとは、聞いておらぬか」

「いいえ。どうしてそのようなことをお聞きなさいますか、母上」

不思議そうな顔の惣之介が、尋ねた。

「先程、占いをしてみたところ、駿府の方で輝きが強くなっていたのです。何も聞いておらぬのか」

「駿府の輝きの一つは、人質の竹千代でしたよね。それなら、二つ目は、日吉なのではないでしょうか」

「そなた、どうしてそう思うのじゃ」

「だから、先程から日吉に会ったと、申しているではありませんか」

「矢作川で会ったのは、本物のサルではなく、日吉だったということなのですね。それならそうと、はっきり申せばいいのに」

「母上こそ……」

と、そこまで言って、惣之介は止めた。

「それで、日吉は、何故駿府へ行かねばならぬのか」

「今川へ仕官するためだと、言っていました」

「そう。それで、輝いたのか。矢張り、強い運を持っているのは、日吉でしたか」

常子が、満足そうに頷いた。

「それで、これからどうなるのでしょうか」

と、惣之介。

「『中尾城の戦』があって、両陣営がはっきり見えてきましたね」

と、常子が現状を分析した。

確かに、惣之介が美濃へ刀を取りに行っている間にも、戦乱の世は動いていた。昨年、将軍義輝、細川晴元軍が中尾城に入り、三好軍に対し徹底抗戦していたのだ。結果は、三好軍の圧勝となりいつもの和議が結ばれることもなかった。

将軍義輝の父義晴は既に死亡していたので、「中尾城の戦」に参戦することはなかった。権謀術数を繰り返した義晴に対して、将軍義輝は剣豪だったが、策略をめぐらすことが苦手だったので、長慶に対抗することなど出来なかった。

けれども、誰かが動いた。一五五一年三月に長慶暗殺計画は、実行された。一度目は、見破られて処刑されてしまったが、二度目には長慶に一太刀あびせ、手傷を負わせたのだった。

「何がですか」

と、惣之介が常子に尋ねた。

「将軍義輝も氏綱から晴元に乗り換えましたが、三好長慶と組まなければ勝利者にはなれないということです」

常子が、自信たっぷりに言った。

「でも、将軍義輝が長慶と組んだとしても、戦乱の世は、収束するのでしょうか」

と、ある疑問を払拭できない惣之介がいた。

「長慶は、主家のために何度も将軍家と戦ってきました。主家を除けば、長慶はいつも将軍家と対峙してきたことになるのですから、その将軍家と胸襟を開いて手を組めるはずはなかろう」

常子が、突き放すように言った。

「ということは、長慶が将軍になるということですか」

「もし、そうであれば、占いの灯はもっと大きくなると思うのですが……。だから、長慶にそのつもりはないと、思います」

「だとしたら、将軍に任せた方がいいのでは……。そうは、思いませんか」

「そなたは、朝廷や将軍家が何をしたか、お忘れか。このような戦乱の世になったのも、もとはといえば朝廷や将軍家でござらぬか」

常子の顔は、知らず知らずのうちに歪んでいた。権力を手中にした者は、己を律し続けなければならないのに、何かをどこかへ置き忘れてしまうのが常だった。権力の座を追い求めていたときには、〝平和な世〟という旗印を掲げていたはずなのに、権力の座を射止めた途端、そのような志は反故にされてきた。

初代はまだいい方で、二代目以降となると、欲望は鬼畜のごとく暴れ回った。しかし、これが人間の性だとすれば、仕方のないことなのかもしれなかった。

「まだまだ、収束しないようです。しかし、そなたは、よく日吉に出会えましたね」

常子が、思い直したように言った。

「野武士の頭が、河原で寝ていた日吉を踏んづけたようなんです。ところが、頭が謝らなかったので日吉が怒ったのです。八人の野武士を相手に……。結局、とんち勝負で日吉が負けて、手伝いをすることになったのです」

と、惣之介が楽しそうに話した。

「それで、どのような子供でしたか」

「普通でしたよ。背が低いのとサルに似ていること以外は」

「何か変わったことは、しなかったのですか」

「変わったこと？」

惣之介は、額に手を当てて思い出してみた。

「そういえば、舟でした。頭から頼まれたわけでもないのに、舟を用意しておいたんです。舟がなければ、無事に逃れられなかったでしょう」

「他には」

「二度目の仕事の時には、日吉が機転を利かせて、前線に油をまいておいたんです。私も助けられました」

「そうでしたか。意外に肝が据わっている子供なのかもしれませんね」

惣之介の話は、常子にとって気持ちの良いものだった。それは、占いで予想した子供の少しずつ成長していく様子が、見えるからだった。

「惣之介、この灯を消してはいけないような気がします。頼みましたぞ」

常子が、熱い思いを込めて言った。

常子は、信長、光秀、竹千代に日吉を加えておきたかった。日吉は、家柄も低く、とても頂点を目指すような者ではなかった。けれども、天井があまりにも吹き抜けになっているように思われたので、下の者でもつむじ風に乗って羽ばたくようなことが起これば、吹き抜けの天井に向かえるのではないかとの思いを強くしたのだった。

たとえ、日吉が今川の家来になったところで、今川には太原崇孚をはじめとする多くの家来が、階層的に犇《ひし》めいているので出世は困難なことだった。

日吉が、そのまま今川に埋没してしまうのであれば、日吉の灯はいとも簡単に消えてしまうのだが、常子はかぶりを振った。日吉は、必ず方向転換をするに違いないのだ。そのためには、少々の災いは排除してやらなければならなかった。

惣之介が旅立った後で、常子は、タカを呼んだ。そして、タカに何やら言い含めると、占いの部屋へと向かった。

九　軍師

日吉が浜名湖に着いたのは、六月間近の頃だった。日吉が旅の途中で集めた情報によると、松下之綱は、「海道一の弓取り」と噂されている今川義元の武将飯尾氏の配下だった。そこで、日吉は之綱のもとで働いて推薦してもらおうと考えた。

日吉は、之綱が通るだろうと聞いた辻で、針売りをしながら七日待った。すると、一人の侍が立ち止まり、「精が出るのう」とだけ言って、立ち去った。日吉は、もしかしたら之綱ではないかと思ったが、尋ねることはできなかった。

日吉は、その後も同じ辻で針売りを続けていた。暫くの間行水もしていなかったので、手を背中の方へ回して痒さを紛らわしていると、

「商いは、如何かな」

と、声をかける侍がいた。

「はぁ」

日吉が、愛想しなければとぐずぐずしていると、

「屋敷へきて、ひと汗流さぬか」

と、誘われた。

「どちら様で」

痒さに悩まされ続けていた日吉が、やっとのことで尋ねた。

「儂は、松下というものだが、家は近いんじゃ。良かったら、ついて参るがよい」

と言って、くるりと背を向けて歩き出した。

日吉は、松下という名を聞いて、後を追った。下の名前は分からなかったが、おそらく松下之綱その人に違いないと考えたからだった。辻を二つ曲がった先に、松下之綱の屋敷はあった。

「なかなか面倒だとは思うが、暫く逗留してみてはどうかな」

日吉の事情を聴いた之綱が、答えた。

「それでは、お願いします」

日吉は、そう言って妥協した。小六の手下に助言してもらった通りだったし、久しぶりに屋根の下で休めるからだった。

次の日から、日吉は一所懸命に働いた。といっても、日吉にしてみれば玄関掃除や雑巾がけは朝飯前のことだった。日吉には、その他にもやれることがまだまだあった。

日吉は、他の者の邪魔にならないように控え目にしていたが、何かと日吉を目の敵にする者が

いた。その者は、之綱の妻の遠縁にあたる木浪勇悦という者だった。木浪は、とっくに飯尾氏の配下に推挙されていてもよかったが、之綱が推挙するのに積極的になれなかったために遅れていた。木浪は、女癖がとても悪かった。之綱の屋敷に預けられるようになったのも、少しでも素行を改善したいと思ってのことだったが、親の願いが叶うことはなく、之綱が尻拭いすることが何度もあった。

その木浪が日吉を目の敵にするようになったのは、日吉が之綱の屋敷に来た翌々日からだった。日吉の働きぶりがあまりにも見事だったので、之綱が褒めたからだった。之綱は褒めちぎったわけではなかったが、木浪にとっては、癪に障ることだった。

背が低いことを馬鹿にしたり、サル顔だと言っては、顔を歪にしてみせたのだった。けれども、日吉は相手にしなかった。早く侍になりたかったので、関係したくなかった。

ある日のこと、日吉は之綱に供を命じられた。今川館の中にある飯尾氏の屋敷で挨拶を済ませた後、町の茶店に寄った。世間話をしたり、団子をご馳走になり、立ち上がったときだった。

「庵原殿ではないか」

と言って、之綱が挨拶を交わした。

「おお、松下殿ではござらぬか。相変わらず、元気そうで」

と、庵原が笑顔で応えた。

茶店で交わした挨拶は簡単なものだったが、川岸まで来ると、之綱が日吉に小声で言った。

「庵原殿の隣にいたお人、誰だと思う。山本殿ではないかと思う」

「えっ、武田軍の」

日吉は、ただただ吃驚した。

山本勘助は、二十歳を過ぎた頃から武者修行の旅へ出た。四国、九州、関東を回り十年後に仕官を願い出たのが今川だった。しかし、今川では、勘助の風体を嫌い、仕官を認めなかった。その折、勘助のためにいろいろ骨を折ったのが、庵原忠胤だった。

庵原は、屋敷に寄宿していた勘助の話を聞いて、兵法に長けていることが理解できた。勘助は、兵法を用いて大軍を動かしたことはなかったが、戦についてより深く研究していた。多くの人から戦の様子を聞いたり、戦場へ足を運んで具に見て回り、どの兵法が適切だったかの検証をしたのだった。

勘助は、今川への仕官を諦め、甲斐の武田晴信（信玄）のもとを訪れた。すると、晴信は、勘助が色黒で容姿が醜いことなど気にすることなく、受け入れてくれたのだった。

「足が悪く隻眼だから、間違いないと思う。それにしても、うちのお館様は、何故仕官させなかったのだろうか」

と、無念さを滲ませた。

「今川様では、どうして断ったのですか」

と、納得のいかない日吉が、目を輝かせて言った。

日吉が、軍師と呼ぶにふさわしい武士を見たのは、勘助が初めてだった。数々の戦功をあげて破格の禄高を得たにもかかわらず、その風体は質素なものだった。

頭陀寺に来て半年が過ぎても、日吉の仕事は何も変わらなかった。ただ、尾張にいた時とは違って、戦に関わる情報は多かった。当然のように、関東の情報も多く聞くことが出来た。

今川が領国を守るために争っているのは、主に尾張の織田、甲斐の武田、相模の北条だった。ただ、織田と争っているのは、三河の松平の領土をめぐっての争いだったので、意味合いが違っていた。

今川では、海が欲しい武田と戦うために上杉と同盟を結んでいたが、義元が晴信の姉を娶ってからは、大きな戦はなくなっていた。一方、北条との戦は、絶えることがなかった。それに、同盟関係にある上杉が関東管領という立場なので、面目が保てるように協力しなければならないこともあった。

日吉には、好むと好まざるとにかかわらず、関東に関する情報がもたらされた。関東管領は上杉だったが、時間の経過とともに中身が変わってきているように思われた。

上杉が足利家と姻戚関係になったのは、足利貞氏（尊氏の父）に上杉清子が嫁いでからだった。それが縁で関東管領という重職を上杉が世襲するようになった。その後、四家に分かれた上杉家では、管領職をめぐっての争いが絶えなかった。

扇谷上杉家と山内上杉家が争っていた頃、挑んだのが北条氏康だった。劣勢だった両上杉家は手を組んでみたものの、時は既に遅かった。そのため、「川越の戦」で大敗を喫してしまった。北条の勝利は、今川にとって朗報ではなかった。北条が勢いを増せば、西への進軍が出来なくなるからだった。

日吉は、之綱の屋敷での暮らしが長くなるにつれて、今川の家来になることを疑問視するようになった。確かに、今川義元には、〝海道一の弓取り〟との噂に違うことのない安定感があった。けれども、その安定感とは裏腹に危うさが漂っていた。

三好長慶は勿論のこと、織田信長や斎藤道三までもが、戦に出陣しては汗をかいていたが、今川義元にはそのようなことはないようだった。大将は、高所から俯瞰して形成判断をすればよいという見方もあるが、戦乱の世では通用しないことだった。

日吉の耳は、関東の情報ではなく、駿河以西の情報を求めるようになっていた。その中にあって、三好と織田は別格だった。三好は、天下に号令するところまで来ていたが、将軍と管領の厚い壁がゆく手を阻んでいた。

織田信長は、本当に大うつけなのかという疑問を抱き始めたのもこの頃だった。信秀の葬儀の時の恰好を思い出しても大うつけに違いなかったが、時折入る情報では、尾張国内での勝ち戦が多くなっていた。まぐれで勝つのなら大うつけでもあり得ることだが、連戦連勝となると、考え直さなければならなかった。

日吉は、信秀が同族への配慮から美濃や三河を攻撃対象にすることが多かったのに対し、信長は国内の平定を目論んでいるのではないかと、考えた。もし、早々に尾張一国を制圧できれば、一気に中央へ進出できる可能性が出てくる。

日吉は、之綱から武田が砥石城を落城させたと、聞かされた。それは、之綱の供をして飯尾の屋敷を訪れた帰り道でのことだった。

「一昨年は、『砥石崩れ』の大敗をした武田軍だったが、昨年真田による調略が成功したそうじゃ」

之綱が、しみじみとした口調で言った。

「調略も兵法の一つ。山本様の発案でしょうか」

勘助に興味を抱いていた日吉が、尋ねた。

「分からない。ただ言えるのは、武田晴信という武将は、目標を定めたら確実に達成してゆく男ということくらいかな」

之綱は、義元にはない荒々しさを持っていると言いたかったようだったが、人通りが多くなったのを憚って口を閉じた。

砥石城は、宿敵村上義清の支城だった。武田の軍勢七千人に対して城兵はわずか五百人。ただ、城兵の半数は、かつて武田によって落城に追い込まれた志賀城の残党だった。何が何でも一矢報いたいと思っていた残党の意気盛んなこともあって、武田は大敗を喫していたのだった。

「怨念は、物凄い力を生み出すようだ。志賀城が落城した時の様子を聞いたことはあるが、乱妨《らんぼう》取《ど》りはことのほか酷かったようじゃ」

と、之綱は顔を歪めた。

日吉は、戦場へ出たことがなかったので、戦場の凄惨さを知るはずもなかった。ただ、父弥右衛門が戦場は恐ろしいところだと常々話していたので、乱妨取りなどのこともうすうすは知っていた。

戦が終わる頃、鬼畜が至る所から湧いてきて、欲望のままに振る舞うのだそうだ。子供を切り裂き、女を貪り、金目のものがあれば否が応でも独り占めしようとする。ところが、鬼畜にも主がいて、鬼畜が集めてきたものを横取りするとのことだった。

夜明けとともに鬼畜が去ると、僧侶が現れて供養し、その後には桂女《かつらめ》や村人がやってきて、粛々と清掃するということだった。亡父弥右衛門の話が鬼畜の出現に及ぶと、日吉はもう耐えられなかった。目をつむり、耳を塞いで眠るしかなかった。


「只今、戻りました。母上」

惣之介の声が、玄関に響いた。

「おお、ご苦労様でした。先ず上がって、お話を」

常子が、惣之介を急かすように言った。

「日吉は、無事に今川家陪臣の松下之綱の屋敷に落ち着いたようです」

着席した惣之介が、それだけ言った。

「それでは、念願の侍になれたのですね」

と、嬉しそうな常子だったが、侍を持ち出した途端、心配顔になった。

「母上、侍といっても駆け出しも駆け出し、戦に出たわけでもありません」

「それで、どのような生活ぶりなのですか」

「松下之綱は、日吉を気に入って、お供をさせることもあるそうです。そうそう、先日武田の山本勘助に会ったと、誰かが申しておりました」

「山本勘助、聞いたことがありますぞ。どこぞとの戦の時、〝破軍建返し〟の策をやってのけたとか。わずかな手勢で縦横無尽の活躍をし、敵味方の度肝を抜いたそうではないか」

と、常子の口にも熱がこもった。

「よくご存じで。出会いは、人を変えるのでしょう。日吉の顔が、引き締まったように見受けられます」

日吉十五歳。一人旅をし、武士の屋敷に住むようになったのだから、容貌が変わったとしても不思議ではなかった。それに、天下一の山本勘助を目にしたことも大きかった。人は、目にしただけで共鳴することも多々あるからだ。

「駿府への道中では、何かなかったのですか」

「いろいろあったようです。しかし何しろ、心は駿府だったので、興味はあっても関わっていられなかったのでしょう」

「いろいろあったとは？」

「旅芸人や白拍子とは、会話が弾んだようです」

「それにしても、関東管領の上杉は、どうしたというのでしょうね」

常子が、思い出したように嘆いた。

常子が嘆いているのは、単に上杉家の権力闘争だけではなかった。朝廷や将軍家に限らず仏門に至るまで、仲たがいをして争ってばかりなので、辟易してのことだった。

「山内上杉家は、北条に敗れた後、景虎を頼るしかありませんでした。これで、越後国は長尾景虎に収束するのではないでしょうか」

越後の国は、まだ安定したとはいえなかったが、惣之介は長尾景虎の戦上手に期待を込めたようだった。

「それでは、景虎は関東管領を代行する形で、北条と対峙することになるのでしょうね。それから、信濃では武田と……」

と、常子。

「そのようです。そこで気になるのが、今川の動きです。将軍家では、何度も上洛を要請しているようなのですが、今川は動きが取れない。そのため、北条との同盟を急いでいるようなのです。太原崇孚のことですから、抜かりなく進めていることと思います」

「今川は、上杉とも同盟を結んでいるのでしょう。上杉と北条が戦になれば、どうするのでしょう」

「今川では、上杉から援軍を求められれば出すでしょう。でも、北条と戦うことはしません。武田から援軍を求められれば、それにも出すでしょう。でも、上杉とは交戦しません」

と、惣之介がしたたかさを紐解いてみせた。

したたかという言葉に縁がない常子が、疑問を投じた。

「今川は、武田、北条、上杉を三竦みの状態にしておいて、上洛しようとしておるのか」

「そう見て間違いないかと……。上洛するにしても、邪魔なのは尾張の織田だけですから、信長が尾張を統一しないうちに、上洛したいのではないかと思います」

と、惣之介が自信ありげに言った。

それにつけても、都の情報であった。今川義元の母は寿桂尼《じゅけいに》といい、「尼御台」とも呼ばれているが、中御門家の出自だったので、都の情報に不自由がなかった。そのため、朝廷や将軍家の情報は勿論のこと諸将の行動までもがもたらされていた。

「ところで、三好の方は、どんな具合になっていますか」

惣之介が、気になっていたことを訪ねた。竹千代のこともあったが、人質の身では俎上にあげることも憚られた。

「昨年の『相国寺の戦い』で、一応は決着したようです。今年に入ってから細川晴元が敵対していた細川氏綱に家督を譲って出家しました。これで、将軍義輝、管領氏綱、権力者長慶というスッキリした形になりましたが、出家したはずの晴元が軍を興したでしょう。どうなるのでしょうね」

呆れ顔の常子が、言った。

常子は、どうせ戦うのであれば、雌雄を決する戦をすればいいのにとさえ思うようになっていた。晴元は、氏綱が細川家の当主となり、嫡男の聡明丸（昭元）が長慶の人質になっても戦いを挑んでいた。今川の人質になっている竹千代と比較すると、その命の軽さに驚かされるばかりだった。

常子は、長慶が躊躇う理由についても考えてみた。長慶は今や誰もが認める実力者だった。しかし、何度将軍家との戦いに勝利しても、頂点に立とうとはしなかった。もしかしたら、躊躇う理由は、幼少期にあるのではないかと、考えてみた。

父元長が、主家から妬みをかい、死に追いやられたことが影響しているのではないかと、常子は考えた。長慶は、ただ単に先祖の恨みを晴らせばよく、天下など望んではいないと考えた方が、一連の行動を理解しやすかったからだ。

「信長は、どうなっているのでしょう」

惣之介は、強いという印象だけの三好を早く切り上げて、二番手の信長に話題を変えた。

「信長が、大うつけかどうか試されることになっています。また、大うつけでなくても大うつけにかこつけて動こうとしている者どもが、家臣の中にいるようです」

常子が、居住まいを直しながら言った。

「人々とは、そういうものなのでしょうか。主家に恩義があるはずの家臣が、掌を反すように下剋上をしたり、他家に走ったりと……。主従がそのようなものだったとは、空しいように思われます」

と、惣之介が、眉をひそめた。

「でも、仕方のない一面もありますよ。当主が暗愚なために、一族が路頭に迷わなければならない場合だってあるでしょう」

と常子。

「それも、困りますか」

と惣之介は眉をひそめた。それから、思い直したかのように続けた。

「信長が家督を継ぐと、早速、重臣の鳴海城主山口教継が、今川に寝返ったのでしょう。教継は、信長ではいずれ滅ぶと考えたのでしょう」

「赤塚での一戦では、勝敗がつかなかったのではありませぬか」

「そうなんです。もともと味方同士なので、士気が上がらなかったと、聞いています」

それなら、もう少し様子を見た方がよかったのではと、常子は考えた。しかし、今川勢の近くにいる者にとっては、明日にでも攻め込まれるかもしれなかった。

「山口教継との『赤塚の戦い』から四か月後には、『萱津の戦い』が起こりました。清洲城の家老坂井大膳が、信長方の二つの城を占拠したのです」

「坂井大膳といえば、信秀が美濃へ出兵した折にも留守を狙って、古渡城を攻撃しましたよね」

「坂井大膳は、信秀を手強いとみていたので、なかなか手出しが出来なかったのでしょうね。その信秀が死んだ。絶好の機会だと、考えたのではないですか。ところが、大うつけの信長は、ただのうつけではなかった」

と言って、常子は笑みをこぼした。

占いで常子があげた五人は、この時点で一人も欠けていなかった。相変わらず、長慶は頂点に向かっていた。また、二番手の信長は、行く手を阻まれながらも一戦ごとに力をつけていた。

信長軍では、若い芽が猛烈な勢いで育ちつつあった。織田家臣の中では、信長に反感を持つものが多かったので、信長は小者の中から抜擢することが多くなっていたからだった。小者の多くは、信長が初めての主だったので、一所懸命働いた。

「それにつけても、坂井大膳ですね。信長に攻撃の口実を与えてしまいましたから、一巻の終わりかもしれません」

内紛で守護斯波家が二つに割れた結果、守護代の織田家も清洲織田家と岩倉織田家に分裂してしまった。更に、清洲織田家は、力関係から因幡守家、藤左ヱ門家、弾正忠家に分かれた。坂井大膳は、主筋である清洲織田家の又代（小守護代）なので、もし、信長を倒すことになれば、尾張統一に大きく前進できるのだった。

常子は、信長は準備ができ次第、清洲織田家を攻撃するだろうと、考えていた。美濃国には岳父斎藤道三がいるし、東の今川は、すぐ動ける体制にないと踏んでのことだった。

「清洲織田家を吸収できれば、尾張国統一の障害は岩倉織田家になりますが」

惣之介もぬかりなく同調した。

「万が一、三好長慶が天下を取れば、このまま領国が決定するやもしれません。戦乱の世が続いているうちに、少しでも領土を広げておこうという作戦かもしれませぬ」

常子は、少しでも信長に近づいておこうということなのか、時折、合理的になった。

「母上は、軸足を信長に移したのでしょうか。光秀や竹千代は、どうしたのでしょう。すっかり蚊帳の外といった感じですが」

惣之介は、常子が理路整然と状況分析をしだしたので、戸惑った。

「いや、別段外しているわけではありませぬ。いまにきっと、出てくるはずです」

「戦乱の世の中心人物としてですか」

五人の中で最年少の竹千代は、まだ十歳になったばかりだと、惣之介は思った。

「長慶は、いつ天下を取ってもおかしくない位置にいます、間違いなく。ただ、天下を取ったとしても、余力と維持できる時間がなければなりません。頂に立ったとしても、号令をかける前に次の者が来れば、勢いがあるのは後方の者です。ですから、それらをそつなくできる家臣がいなければなりませんが、長慶軍を見ていると、見当たらないのです。確かに、連歌や茶道を嗜む者はおりますが、朝廷や将軍家と話し合って済むご時世ではありませぬ」

常子は、こまめに占いをしてはいたが、占いだけで問題が解決するとは考えていないようだった。

「矢張り、重要なのは家臣ですか。長慶の家臣は、血族が主体ですから強いには強い。短期間で、狭い場所での戦いならそれでよいでしょうが、広範囲ではどうなのでしょうか」

惣之介が、天下取りの長慶に初めて疑問を投げかけた。

「信長も同じように思います、ただ、能力がある者を取り上げようとしているようですから、近い将来、優秀な人材が集まるのではと思えてならないのです」

「軍師もおらぬのでしょう。それでもですか」

惣之介は、常子が信長に大きな期待を寄せているような気がして、尋ねた。

「実は今日、太占をしてみたのです。輝きが強くなっているのは、信長だけでした。だから、信長に力が入っているのかもしれませぬな」

常子は、決して隠していたわけではなかったが、占いを後出しするようなことも、偶にはしていた。

「他の者は、どうでしたか」

「光秀は、大変なようです。灯が、点いたり消えたりしていますから」

「今は、道三の家来なのでしょうが、いろいろ苦労が絶えないようです。土岐頼芸と道三の仲を取り持ったり、道三親子の関係修復に駆けずり回ったりと……」

惣之介は、美濃へ何度も足を運んでいたので、大体の事情を把握していた。

「竹千代に変化は」

珍しく、常子が竹千代のことを尋ねた。

「相変わらず、静かに暮らしています」

「十歳になりましたか。まだまだ、忍の一字ですね」

と、常子。

十　茎の銘

「日吉、名を変えてみぬか」

　日吉が之綱に呼ばれてかしこまっていると、

　之綱は「木下藤吉郎」と書かれた紙を差し出して、言った。

「はあっ」

　と、日吉が戸惑っていると、之綱が続けて言った。

「武士らしい良い名はないかと、考えてみた。そうしたら『藤吉郎』という名が浮かんだのだ。藤は、藤原にも通じるし、武士として出世しても引け目を感じずともよい。また、郎は、元気な男子を意味するそうだ」

　と言って、之綱は目を細めた。

「はい」

　日吉は、嬉しかったので二つ返事をした。

之綱は、日吉が他の小者たちと比べて、何かが違っているのにいち早く気づき、「藤吉郎」という名を持ち出したのだった。そして、名前が馴染むのを待った。

藤吉郎の仕事は、日吉の時と変わらず掃除と雑用だけだったが、名前が藤吉郎に変わって二か月ほど経った時、之綱から新たな仕事を頼まれた。

「藤吉郎、省逸《しょういつ》の行動がおかしいという者がおる。おぬし、気づかれないように探ってはくれぬか」

之綱が、真剣な眼差しで言った。鎌田省逸は、天竜川沿いの農家の次男坊だったが、之綱の屋敷で何年か奉公していた。

ある日の夕刻、省逸が出かける準備をしていたので、藤吉郎は後を追いかけた。すると、省逸は屋敷に隣接している寺を通り越して、町はずれへと向かった。藤吉郎が気づかれることがないように用心して尾行してゆくと、町外れの橋のたもとで省逸の足がピタリと止まった。

省逸の前に立っていたのは、一人の女だった。それを見ていた藤吉郎は、省逸がその女と逢引きをするのだろうと、思った。闇でかすんではいたが、辺りには誰一人いなかったからだった。けれども、藤吉郎の見当はすぐに外れた。省逸がその女をするりとかわして、土手の方へと歩いて行ったからだった。

藤吉郎は、目を凝らして見るしかなかった。しかし、月も雲に隠れていて、どこへ消えたのか確かめる術がなかった。藤吉郎が、叢の中で待っていたのは、意外に短い間だった。省逸が橋を渡ってきたので、いち早くその場を去った。

藤吉郎は、次の機会を待つことにした。たったこれだけの情報では、之綱の期待に応えることが出来ないと思ったからだった。しかし、省逸が出かけることは、なかなかなかった。そこで、藤吉郎は、報告が遅れている理由を之綱に話した。すると、

「悪かった。今しばらく待ってみよう」

と、之綱が言ったのだった。悪いのは自分の方だとばかり思っていた藤吉郎は、何か変だと思ったが、それ以上考えることはしなかった。

数日が過ぎて、春の宴が開かれた。花見は一度済んでいて、この度の宴は思いがけないことだったので、大いに盛り上がった。

春の宴が終わって数日経った日の夕刻、省逸に動きがあった。藤吉郎は、省逸が橋に向かうことを確信すると、省逸より先に橋を渡り、省逸が現れるのを待った。月にはむら雲がかかり寂しいばかりの夜だった。

暫くして、手拭いを吹き流しに被った女が現れた。間もなくして、省逸が橋を渡ってやってきた。

藤吉郎は、そっと辺りを窺ってみた。すると、前には確認できなかったもう一人の女が土手の下に立っているではないか。藤吉郎は、その女が省逸のお目当ての女に違いないと思った。暗くて顔ははっきり見えなかったが、すらりとした痩せ形の女だった。

省逸は、足早に土手を下ると、二言三言話しただけで帰って行った。藤吉郎は、会話の中で「せっちゃん」とか「しほちゃん」という呼び名が出てきたので、違和感を覚えた。

藤吉郎は、二つの影を見送ってから橋の上に出た。そして、事の次第を之綱に報告するために、橋を渡り始めた。その時だった。橋の向こう側から三つの影が現れた。

藤吉郎は、殺気のようなものを感じて足を止めた。川風が紅潮した顔にあたり、月光が橋の上を照らしては消えた。三つの影は、黒い装束に包まれた忍びのようだったが、藤吉郎は忍びのことを考えたこともなければ、全く心当たりもなかった。

じりじりと距離を詰められた藤吉郎は、逃げるしかなかった。振り向きざま逃げようとすると、足元でグサッという音がした。手裏剣だった。どうにもこうにも亡き者にするのだろうと思った藤吉郎は、指笛を鳴らしてみた。咄嗟のことで、指笛が武器になるものだとは思わなかったが、何かせずにはいられなかった。

絶体絶命の中で鳴らした指笛は、事態を意外な方向へと導いた。橋のたもとに立っていた夜鷹がどこからともなく現れて、忍びの前に立ち塞がったのだ。けれども、忍びは相手が誰であろうが襲いかかった。

夜鷹は、孤軍奮闘を繰り返していたが、所詮、一人だった。それに、藤吉郎を守りながらの戦いだったので、息も絶え絶えになってきていた。そこで、黒装束は疲労困憊の夜鷹を一人に任せ、藤吉郎に刃先を向けた。身軽な藤吉郎は、忍びの攻撃を受けても何度かかわしていたが、到頭、橋のたもとの松に追い詰められてしまった。

「きえーっ」

と、黒装束が藤吉郎めがけて飛びかかった。そして、さすがの藤吉郎も目をつむるしかなかった。ところが、また、奇怪なことが起こった。

「ギャー」

飛びかかったはずの黒装束が、悲鳴とともにばったりと倒れてしまった。

尻餅をついて凍り付いていた藤吉郎は、思わず辺りを見回してみた。すると、一人の侍が残りの忍びに向かって走り出したところだった。

藤吉郎は、何があったのか分からないまま、屋敷に帰った。そして、事の一部始終を之綱に報告した。

「危ない目にあわせたのう」

之綱がそう言って、頭を下げた。

藤吉郎は、恐怖から解放されつつあったある日、之綱から呼び出された。

「藤吉郎、大分慣れたようだな。納戸役をやってもらえぬか」

と、之綱が言った。

「かしこまりました」

藤吉郎は、気持ちよく引き受けた。もう、掃除は十分したので、別の仕事をしてみたいと思っていたところだった。

松下之綱は、今川の家臣飯尾氏から頭陀寺城を任されていた。頭陀寺城は、城とはいっても大きな屋敷のようなものだったので、城郭などはなかった。それでも、献上物や下賜品の管理・出納をすることが必要だったので、信用のある者がその任にあたるのが常だった。

納戸役は、物の出し入れを記録しておかなければならなかったので、読み書きは必要不可欠だったが、藤吉郎は苦労しながらも一所懸命に励んだ。

ある日のこと、藤吉郎が物品の整理をしていると、之綱がやってきて尋ねた。

「家老の倅に褒美を取らせようと思うのだが、何かあるかな」

「刀装具か陶器が相応しいと、思いますが」

藤吉郎は、作成しておいた目録の中から五、六番目にある物を提案した。

「そんなものでよいかのう」

之綱は不満のようだったが、しぶしぶ受け入れた。

藤吉郎は、納戸役なら時間を持て余すところなのではないかと思っていたが、決してそのようなことはなかった。大きな組織になると、下賜と上納の準備のために何人もが納戸の役にあたらなければならなかったが、小回りの利く藤吉郎なら丁度良かった。元方の仕事も払方の仕事も目録さえ作っておけば、そつなく行えた。

それから三日後、早馬が引間城からやってきたので、藤吉郎がもしかしたらと思っていると、

之綱がやってきた。そして、

「乗連様が、駿府に献上できるような品はないかと言ってきたが、そのようなものはあるか」

と、藤吉郎に尋ねた。

乗連様とは、今川家家臣で引間城主の飯尾乗連のことだが、主家に対する献上品を陪臣が求められたので窮してしまった。

「今川様は、どのようなものがお好みでしょう」

藤吉郎が、小首を捻った後で尋ねた。高価で興味がないものよりも、興味があるか手に入らないものがいいのではと、考えたからだった。

「絵画・骨董よりも刀剣が好みだと、聞いたことがあるぞ」

之綱の頬が、心なしか赤くなった。

「それならば、この小刀は如何でしょう」

と藤吉郎は言って、目録の端に書かれてある小太刀を指さした。

「藤吉郎、このように下位に書かれているもので大丈夫か」

之綱が、心配顔で言った。何しろ、主家に対する失礼は、どのような咎にもなるからだった。

「松下様、お案じ召されますな。下位に書かれているといっても、その価値は分からないものでございます。この小太刀を拝見したところ、作風はめったにない美濃国末関鍛冶のものと思われます。美濃鍔は、刀匠鍔。また、茎の銘には『美国』と浅く刻まれておりますので逸品中の逸品ではなかろうかと思われます」

と、藤吉郎が諳んじたように言うと、

「藤吉郎は、鍛冶でもしていたのかな。美濃鍔なら刀匠鍔とも甲冑師鍔とも趣が異なっているものと思っていたが、これは、頗《すこぶ》る珍しいのではないか」

と、之綱が顔を紅潮させて言った。

「少しだけ手伝ったことがございます」

藤吉郎は、之綱に何かで恩返しがしたいと思っていた。自分が今川の家来になろうと思って歩いてきた道は、決して楽な道ではなかった。そんな時、手を差し伸べてくれたのが之綱だった。

「それでは、引間城の乗連様にこの小太刀を献上いたすとしよう」

之綱は、刀箱に小太刀を収めると、部屋を後にした。

納戸役には衣類や反物の整理もあったが、藤吉郎は見よう見まねで期待に応えようと一所懸命だった。ただ、一人で奮闘する静けさを押しのけて、問題が起こった。

常々、藤吉郎は、献上品と下賜品を別々に管理していたが、家来の中に献上品にこだわる者がいたのだった。厄介なことに、この者は以前納戸役を務めていたことがあり、その献上品が家宝だったと言ってきかなかった。

藤吉郎は、以前の正確な記録もなかったので、取り合わなかった。もし、他にも同じようなことを言いだす者がいれば、納戸役が務まらなくなると、考えたからだった。

「おぬし、よそ者だろう。頭陀寺へ来たのなら頭陀寺に従え」

藤吉郎が町へ出ると、このように絡む者が出てきた。また、ある時は、木刀を投げつけ、

「勝負しろ、卑怯者めが」

と、たきつける者もいた。けれども、藤吉郎は、怯んでなどいなかった。折角与えられた納戸役を自分なりに全力でやりたいと、思っていたからだ。

今、時代が大きく揺れていることを、藤吉郎は藤吉郎なりに理解していた。城の誰かが私利私欲に走れば、簡単に崩れてしまうのが、戦乱の世なのだ。過去の実績も現在の実績も何も担保されていないのが、戦乱の世だった。

そのような戦乱の世を生き残るには、希望をもって、しかも、したたかに生きるしかないというのに、之綱の家臣は少しもそのようなことを考えている風ではなかった。

藤吉郎は、何と言われようが、何と蔑まれようが、相手にしなかった。そして、得意の足で逃げた。

「藤吉郎、辛い目にあっていると、聞いたぞ」

と、之綱が申し訳なさそうに言った。それから、

「先日、引間城に行った折、乗連様から感謝の言葉があったぞ。おぬしのお陰で駿府のお館様も満足していたそうじゃ。『美国』は名刀、まことに珍しいとな」

と言って、笑顔になった。

「それは、よろしゅうございました」

と言った藤吉郎だったが、之綱にまで聞こえていたことが気になった。

それから何日か経って、藤吉郎は之綱に呼ばれた。藤吉郎が、何用かと思いながら之綱の部屋へいってみると、

「誠に残念ではあるが、そなたにとっては、必ずや良い節目になったと思う日が来ると、信じておる」

と、之綱が不思議を言った。

「何のことか、腑に落ちませぬが」

藤吉郎が、之綱に尋ねた。

「暇を取らすということじゃ。いや、そのようにしてもらいたい」

と、苦しげな之綱。

「なにか、粗相でも……。いや、あの者たちですか」

藤吉郎は、之綱を追及などしていなかった。また、追及できるわけもなかった。

「詮索すればいろいろあろうが、儂が申したいのは、そのようなことではない。藤吉郎には、もっと羽ばたいてもらいたいと思ってな」

之綱の表情が和んだ。

「今でも、こうして納戸役に取り立ててもらっております。何も不足など感じておりませぬ」

そこには、之綱の真意が分からない藤吉郎がいた。

「そうではないのだ。おぬしは、このようなところに長居すべきではないと、申しておるのだ。初めて会った時、おぬしは武士になりたいと言った。儂もそのような願いを叶えてやりたいと思った。けれども、おぬしを見ているうちに、このようなところに埋もれさせておいていいのかと、思うようになったのだ。何がと言われても、よく分からないが……」

「それは、買い被りではありませぬか。そのように申されても、自分には分かりませぬ。ただ、松下様が暇を取れというのであれば、それに従いたいと思います」

藤吉郎は、之綱に余りある恩義を感じていた。

「儂は、飯尾様に推挙することも考えたが、止めた。引間城へ行ったとしても、収まらないだろうと考えたからだ」

「ありがたいお言葉ですが、今の自分には、よく分かりませぬ」

「おぬしは、尾張の出であったな。巷では、織田信長のことを大うつけと言っている者が多いが、本当にそうであろうか。美濃の斎藤道三殿をうならせた男だとすると、とてつもない力を秘めておるやもしれぬ。おぬしは、どう思うておる？」

終始笑顔だった之綱が、目を輝かせた。

「最近、印象が変わってきたように思われます」

藤吉郎は、言葉を控えめにした。之綱を警戒したわけではなかったが、今川領内であるとの認識は忘れていなかった。

「私は、武術に秀でているわけでもないし、読み書きが達者だというわけでもない……」

と、藤吉郎が長所探しに苦慮していると、

「想像力ではないかと思う。常々、戦乱の世を終わらせるには、柔軟な発想の持ち主が必要なのではないかと、思っておる。融通性のない思考では、戦乱の世の繰り返しにしかならないような気がしておるのだ」


「どこの戦力が一番だと、お思いですか」

惣之介は、常子なら当然のように長慶と答えると思ったが、尋ねてみた。ところが、常子は口を開こうとはしなかった。いつもの常子なら、待っていたとばかりに話すのに……。惣之介は、浮かぬ顔の常子には構わぬようにして、もの思いにふけることにした。

常子に言われて今川領内の頭陀寺に行った時、惣之介は藤吉郎が襲撃されるところに出くわしてしまった。藤吉郎を襲ったのは忍びだったが、何故、忍びに襲われなければならなかったのか分からなかった。

「惣之介、何をぼんやりしているのですか」

「母上こそ」

吃驚した惣之介が、咳き込みながら応えた。

「今、抜きんでているところと尋ねられても、どちらを見ても膠着状態のようですから、考えてしまいます」

常子の思考が停止するのも、無理のないことだった。この年の春、岩倉織田家の家老稲田大炊《おおいの》助《すけ》（貞祐）が、当主織田信安に切腹を命ぜられた。美濃との国境の土豪たちが、信長に味方するようになったことで、その容疑が大炊助にかけられたからだった。実際、信長は、岩倉織田家と斎藤義龍が手を結んでいることを知っていたので、国境の土豪を味方につけるべく画策をして、成功していたのだった。

大炊助を処罰した信安だったが、家督を次男に継がせようとしたために、長男によって岩倉城から追放されてしまった。そのため、城主と家老を一度に失うことになった岩倉城は、弱体化を余儀なくされた。

「確かに、信長の勢いも侮れません。清洲織田家を吸収できれば、残るのは弱体化した岩倉織田家のみとなりましたから」

「尾張統一は、意外に早いのではありませんか」

ここぞとばかりに、惣之介がひと押しした。

「信長は、道三とは同盟関係にありますが、息子の義龍とは敵対関係です。そのように簡単には進まないのではないですか」

と言って、常子は居住まいを正した後で続けた。

「それよりも、日吉はどうしたのですか」

「今は、日吉ではありません。藤吉郎という名に変わったようです。藤吉郎は之綱から朋輩の素行調査を頼まれて出かけていましたが、襲われてしまいました。朋輩が逢引きではなく、幼馴染に会いに行っていたことを確認した藤吉郎は、何とか逃げることが出来ましたが、その時庇ったのが女の忍びだったのです。何か心当たりはござりませぬか」

惣之助が、常子に厳しい視線を送った。

「ござりますとも。私がタカに頼みました」

常子が、あっさりと白状した。藤吉郎に灯が点いている以上、もう少し様子を見てみたいと思ってのことだった。惣之介一人では対応しきれないこともあるだろうと、考えてのことでもあった。

「矢張り、そうでしたか。それで、合点がゆきました。ですが、忍びは、本当に藤吉郎を狙ったのでしょうか」

「もし、あるとすれば、藤吉郎を嫉んだ誰かでしょう。確実に狙うのでなければ、三人というのは考えられませぬ」

常子は、この後はないと考えているようだった。藤吉郎に味方する者が次から次と出てくるのであれば、迂闊に手を出すことなど出来なかった。それを裏付けるように、惣之介も手応えがなかったと、言った。

惣之介は、藤吉郎が納戸役に抜擢され、之綱に貢献していることも報告した。之綱は今川家の陪臣という立場だったが、藤吉郎が主君の側近くにいれば、もっと大きな働きをするのではないかと、思った。

「そのようなことに、なっていましたか。して、光秀は、どうじゃ」

常子が、光秀の情報を要求するのは、珍しいことだった。

「光秀は、道三と義龍の間で苦労しているようです」

惣之介は、内輪もめを話すのが嫌いなようで、詳細を話さないこともあった。

「義龍は、妹の帰蝶が信長の正室なのだから、協力してもよさそうなものじゃが」

と、常子。

「それより、天下はどうなっているのですか、母上」

矢張り、気がかりなのは、三好長慶だった。

「またもや、将軍義輝は長慶との和約を破棄して芥川山城に立て籠もったのじゃ。本当に懲りない人たちには困ったものです」

そこには、呆れ顔の常子がいた。

「その後は、どうなったのです？」

と、惣之介。

「今度ばかりは、長慶も厳しく出たようです。将軍に従う者の知行を没収すると……。多くの者が義輝を見捨てたようですが、時がたてば元に戻るのではないかとみています」

常子の視線の先には鶴の襖絵があった。

「将軍義輝は、どうしたいのでしょうか」

惣之介が、うつろな常子に呼び掛けた。

「さて、どうしたいのでしょう。幕府の権威が守られればよいという話ではないのです」

「幕府には、権威がなければならないのではありませんか」

「幕府の権威とは、何ですか。軍事力やお金ではありませんか。軍事力やお金がないから、この体たらくなのではないですか」

と、常子が舌鋒鋭く言った。

「それはそうですが、では、このような現状を打破するには?」

乗った船だったので、暫くは常子に付き合うしかなかった。

「すっかり信頼を失った将軍には、退場してもらうしかないでしょう。そして、新しい将軍には平和な世の中を作ってもらうしかありません。皆が安心して暮らせるような世を」

常子が民衆の代弁者にでもなったかのように高らかに話した。

「母上は、三好長慶ではないと断言しました。それから、あの五人の中から出てくると予言なさいました。信長はまだ分かりますが、光秀は大名でもなければ戦力もありません。藤吉郎に至っては駆け出しも駆け出しですが」

惣之介は、常子がどうして五人にこだわるのか、今更のように訝しく思った。

「占いとは、そういうものなのです」

「ですが、そのように言われても、戦乱の世は収まる気配がありません」

「そなたは、先程五人と申しましたね。でも四人なのですよ。長慶を外しましょう」

「本当に良いのですか。最有力候補なのでしょう」

惣之介は、常子の大胆さに驚いたものの、占いを覆すほどの材料を持ち合わせていなかった。

「惣之介、占いの世界では『気』も大切な要素の一つなのです。例えば、竹千代を見なさい。まだ十一歳ですから、何の力もありません。しかし、五年後のことを考えてみてください。このまま戦乱の世が続いたとすれば、一番可能性のある大将に成長するはずです。但し、家臣団が今川から独立できるような活躍をすればですけど」

常子は、五年経ったところで竹千代に天下が回ってくるなどとは思っていなかったが、二度の人質を無事に乗り越えれば運が開けてくるのではないかと、考えるのだった。

「母上、灯が重なるということはあるのでしょうか」

「惣之介、それです。いいところに気が付きましたね」

常子の顔が、一気にほころんだ。

「あるんですか。光秀と藤吉郎が合流するということが、あるんですか」

「あるとすれば、信長のところに集まるということがあるかもしれませんね」

と言って、常子が天井を睨んだ。

「藤吉郎は尾張の出身ですからあり得るかもしれませんが、光秀は美濃、竹千代は駿河の人質ですよ」

惣之介に言わせれば、刀の地鉄を見て刀工を当てるという困難なものだった。

「そなた、足利尊氏が後醍醐天皇と共に北条を討ったのは知っているでしょう。鎌倉幕府は終わりましたが、後醍醐天皇の治政に多くの武士が反発したので、尊氏は袂を分かたなければなりませんでした。世の中とは、そのようなものなのです。特に、戦乱の世ともなれば、何もかもが変形を余儀なくされます」

後醍醐天皇は尊氏を可愛がり、尊氏もまた後醍醐天皇を信頼していたようだったが、戦火にまみえた武士にはそれ相応の恩賞が必要だった。けれども、後醍醐天皇は、武士の期待を裏切ってしまった。

「朝廷や将軍家では、武士や民衆からの信頼を勝ち取れないのでしょう。だから、今までになかったような形でしか収束できないと」

「そうです。私が申しているのは、その中の一つでしかないと思います。ですが、信長は岩倉城を陥落させれば、尾張国を統一するところまで来ています、もし、光秀や藤吉郎が合流することになれば、一気に天下への歯車が動き出すやもしれませぬ」

常子は、占いにこだわっているようでもなかった。一時は占いに大きな期待を寄せていたこともあったが、今はどちらかというと、機微を楽しむといった感じだった。

「でも、藤吉郎を見ていると、楽しくなってきます。よくぞこの者を探し出したという感じです。このまま、何事もなく終わるのかもしれませんが、組み合わせ次第では、急上昇するかもしれません」

「戦乱の世を終わらせてくれるために、働いてくれるといいのですが」

と言って、常子が火鉢に手をかざした。

「母上、もうお聞かせくださっても宜しいのではないでしょうか」

と惣之介が話したのは、八年前に起きたさらし首の一件だった。事が事だけにこれまで聞かずじまいだったが、腑に落ちないことだった。

「そうですね」

常子が嫁いだ岡田家は長らく堂上家の家柄だったが、ある事件で公家を剝奪されそうになった。その折助力して地下公家で食い止めてくれたのが、十条家だった。

十条家にゆかりのある公家が、濡れ衣を着せられてさらし首になっていることを、岡田家から相談された常子は、惣之介に打ち明けることなく協力することにした。尾張の那古野の寺に縁があると聞いた常子は、追っ手を引き付けるために龍竹を選んだ。龍竹は、織田信秀によって那古野城を追われた今川氏豊ではないかと噂されている人物だった。

本物のさらし首は、龍竹たちが偽のさらし首を那古野まで運んだ甲斐あって、無事に奈良の寺に納めることが出来たのだった。

十一　魚のきもち

頭陀寺を後にした藤吉郎は、信長が居城とする那古野城へと向かった。途中、針売りをしながらの旅だったので、那古野城下へ入ったのは春半ばの頃だった。

藤吉郎は、周辺国の情報集めに余念がなかった。勿論、信長の家来衆の端くれにでも加えてもらおうと思っていたので、信長の日常の行動も聞き逃さないようにしていた。すると、時折家来衆を伴って庄内川へ行っているようだとの話を聞くことが出来た。藤吉郎は、庄内川の川岸で釣りをしながら、信長がやってくるのを待つことにした。

藤吉郎が、川岸に通うようになって、三日目のことだった。この日も来なかったら、場所を変えてみようと思っていた。すると、叢の向こうからカツカツという馬の蹄の音が聞こえてきた。藤吉郎は信長の一行だと思ったが、振り向きもせず、釣り糸をじっと見つめていた。

藤吉郎が耳をそばだてていると、陣形の練習が始まった。甲冑なしでの練習のようだったので、具足の音はしなかったが、緊張した声が響き渡った。

陣形の訓練を半刻ほどで終わると、信長の一行は去って行った。「鶴翼《かくよく》から魚鱗《ぎょりん》へ」とか「長蛇から方円へ」などと、陣形を変える訓練のようだったが、足音を聞くだけでよく洗練されていることが分かった。

信長の才能の片鱗が見られるというのに、藤吉郎が振り向くことはなかった。ひたすら竿先に集中している姿からは、違和感さえ伝わってきた。

次の日も、川岸に藤吉郎の姿があった。この日も、庄内川の流れはただ滔々としていて、気ままな白雲を浮かべていた。藤吉郎が釣り糸を垂らし、流れの音を聞いていると、徒の音や嘶きが聞こえてきた。それから、がやがやと人の動き回る音がして、喝采が響き渡った。相撲好きな信長が、家来衆に命じて取り組ませているのだろうとは思ったが、藤吉郎が振り向くことはなかった。

「当たりはあるのか」

藤吉郎が竿先を見ていると、声をかける者がいた。

「当たりは、ねえの」

藤吉郎は、振り向きもせずに答えた。

「おぬし、昨日もいたであろう。釣果はあったのか」

「いいえ、餌がないいき」

「それじゃ、いつまで経っても釣れないだろう」

「そうでもないき。魚が、釣り人を選んでいるようだけ」

「ふーむ。おぬしは、いずれの家中の者か」

「いずれでもねえ。これからだ」

「ふーむ、おぬしが魚というわけか。一度、竿をあげて見せてくれぬか」

「いいよ」

藤吉郎は、気持ちの良い返事をしてから、竿をあげて見せた。すると、糸の先についていたのは魚が食いつきそうもない石だった。

「おぬしの話に偽りはない。明日、会おうぞ」

と言い放つと、半袴が楽しそうに引き上げて行った。

藤吉郎は、大うつけと噂されている信長の正体を全身で感じた。信長の正体の全てが分かったわけではなかったが、大うつけとは真逆の大器のように思われた。

信長は、いとも簡単に藤吉郎という魚を理解してくれた。そして、魚が夢を育んでくれる釣り人を心待ちにしていることも得心してくれたのだ。あとは、釣り人が魚にとって一命を賭す価値があるかどうかを示唆すればよいだけなのだ。

藤吉郎は、明日の出会いを夢見て、蓆《むしろ》の上で横になった。畑の中の掘立小屋は寒さと雨を凌ぐだけのものだったが、夢を大きく膨らませることが出来た。

家を離れてから今までにあったことが、去来した。商家では、いろいろの体験をした。いじめられることもあったが、何とか切り抜けることが出来た。また、蜂須賀小六や松下之綱との出会いも有意義だった。小六には人の上下関係について学んだし、之綱からは信長が破壊力と創造力の持ち主だと告げられた。

今頃、小六はどうしているのかと、藤吉郎は思った。噂では道三の下で苦労していると聞いたが、小六には切り開く力があるので、心配ないと思った。

どこかで一番鶏が鳴いて、藤吉郎は目を覚ました。眠れない夜になるかと思っていたが、意外と熟睡できたので気分は爽快だった。

藤吉郎は、少しでも悪臭を消したいと思い、大きな千駄櫃を背負い庄内川へと向かった。昨日、信長と言葉を交わした川岸には、昨日と同じ流れがあるだけで何も変わったところはなかった。藤吉郎は、流れの中に身を沈めてみた。流石に春の水は冷たくてすぐに耐えられなくなったが、気合を入れて二度、三度繰り返していると、闘志が湧いてきた。

時間が指定されていたわけではなかったので、藤吉郎は待つだけ待った。すると、茶筅髷がやってきて、

「おぬしも、やってみぬか」

と、声をかけた。

「はい」

と返事して、藤吉郎は茶筅髷の後を追った。

茶筅髷が用意しておいたのは、騎馬戦だった。騎手の腰に付けた手拭いを奪うことが出来れば勝利になるが、藤吉郎は全く自信がなかった。見たところ、騎馬役の先頭が相撲取りのような体格だったからだ。ただ、ここでは茶筅髷の気持ちを引き付けておきたかった。

騎手になって一回目の騎馬戦が始まった。藤吉郎は、体を捻ったり反らしたりして手拭いを守っていたが、攻撃できないまま手拭いを奪い取られてしまった。

このままでは気持が収まらない藤吉郎は、相手に頼み込んで二回目の騎馬戦に臨んだ。そして、急いで勝つための思案をした。

合戦の火蓋が切られた。敵の騎手は体格がよく、尋常に勝負したところで勝ち目がなかった。そこで、藤吉郎は接近戦ではなく、逃げる作戦に出た。逃げまくって体力を消耗させ、それから、勝負に出ようと考えた。

案の定逃げ回っていると、後ろの騎馬役が息を切らすようになってきた。藤吉郎は、今だと思った。真正面から突進して、相手の体力を更に奪おうとの魂胆だった。

藤吉郎は軽くて小柄だったので、騎馬役の先頭も後方の二人も余力が十分に残っていた。そのため、回り込んで三度目の体当たりをすると、相手の騎馬役が総崩れしてしまった。

「おぬし、なかなかやるな。儂が、釣り人でどうだ？」

騎馬戦を終えた藤吉郎が茶筅髷に挨拶に行くと、真顔で言った。

「ありがとうございます、信長様。そのように願えれば、この上もない仕合わせにございます」

と、藤吉郎が臣下の礼をとった。

「用意が整い次第、当方を訪ねてくれ」

信長は、そのように言い残すと、家来衆を引き連れて帰って行った。

藤吉郎は、天にも昇る気分だった。念願の侍になることが出来るのだから当然だったが、主君が信長なので尚更不満などなかった。以前より、主君のためなら一命を賭してやる覚悟は出来ていたが、改めてその思いを強くした。


「惣之介、大変なことが起きています」

常子が部屋に入って来るなり、言った。

「どうしたのです。そのように、興奮なさって」

常子が興奮しながら話すことはあったが、顔を紅潮させてまで話すことなど見たことがなかった。

「信長の灯が、真っ赤なのです。これは、何かあった証です。そなた、何か聞いておりませぬか」

「いいえ。でも、何かあったんですね」

と、惣之介。

「三好長慶軍が丹波や播磨に出兵した話は聞いていますが、そのようなことでは真っ赤にはなりません。他の何かです」

常子は、すっかりいつもの落ち着きを無くしていた。そして、その原因を突き止めなければ時を刻むことなど出来ないといった体だった。そして、

「原因は、信長自身か他の四人にあると思われるのですが」

と、続けた。

庭のそこかしこには春の花々が顔を出し、小鳥たちも楽しそうに飛び回っていた。小枝を揺らし次から次へとさえずる様子は、戦乱の世とはかけ離れた世界のようだった。

水仙が背比べをしていた。けれども、限りなく競い合う風ではなかった。少しだけ自分を主張できればいいといった感じだった。

「竹千代は、己の意思では動けません。また、道三配下の光秀も同じです。ということは、藤吉郎しかいません」

惣之介が、要因を分析してみた。

二人の問答が熱を帯びてきたとき、廊下でかしこまるメイの姿があった。すると、常子が立ち上がり、メイの方へと歩き出した。

常子が席を外したのは、長い時間ではなかった。そして、席に戻ると、

「惣之介、真っ赤になった原因が分かりました」

嬉しさを体いっぱいに表して言った。

「本当ですか」

と、惣之介。常子の嬉しさを分けてもらったように言った。

「そなたの推理通りでした」

「藤吉郎が、何をしたのです？」

と、惣之介が催促をした。

「信長の家来になったそうです」

「えっ、いつのことです？　頭陀寺を離れたのは知っていましたが、針売りをしていたのではないですか」

「昨日のことです。今知らせがありました」

と、常子。

藤吉郎が信長に合流したことで、暫くの間、この灯が弱まることはないだろうと、常子は思った。それは、小さな灯が合流するのを経験したことがなかったからだった。太占の書物によれば、合流した時のことが記されていて、何倍もの力になるとも、他の灯を呼び寄せるとも書かれてあった。

「母上、占いの通りに進んでいるように思われますが、この先どうなるのでしょう」

惣之介が、勇んで尋ねた。

「三好長慶が、与するようには思えませぬ。もし、あり得るとすれば光秀と竹千代ですが。光秀は合流することがあるかもしれませんせん」

これまた、大胆な予想だった。

「確かに道三と義龍は、一触即発の状態ですから、道三が敗れた時には可能性がないとは言えません」

「そうでしょう。光秀は、信長の正室帰蝶と縁がありますから、全くない話ではありませぬ」

と、常子。

常子は、光秀についての情報も集めていた。文武に通じていても欲がないのが光秀の特徴だが、信長と気性が合うかというと、激しい気性の信長とは相容れないものがあると考えていた。けれども、光秀にとって信長は、魅力的な存在に違いなかった。光秀は、学んだ知識を思う存分実践してみたい気持ちがあり、信長は実践する大舞台を限りなく提供してくれそうな存在だった。

ただ、占いがそうだったとしても、竹千代は合流できるかどうかは面倒だった。今川義元は、「海道一の弓取り」と言われるくらい安定感があり、容易く崩れることはないと考えられたからだ。

「信長の家来になった藤吉郎は、どのような運命を辿ると、お考えですか」

熱が冷めてきたところで、惣之介が尋ねた。

「どうなるのでしょうね。灯からして、足軽で終わりということはないでしょう。信長が尾張国を治めることになれば、そのように……」

と言って、常子は口を閉ざした。

つむじ風が、巻き上がった。まだ、小さく可愛らしい風の渦だ。そのつむじ風が呼応するかのように他のつむじ風と合体して、空高く舞い上がった。風を呼び雲を追い払って、巨大な竜巻になった。あともう一息で、青い空が見えてくる。

「そのようにとは、城主になるということでしょうか」

惣之介は、常子があまりにも突飛なことを言うので、落ち着き払ってなどいられなかった。足軽なら足軽大将になっただけでも出世頭であろう。もし、千人もの部隊の指揮官にでもなろうものなら、大出世なのだ。

「足軽の倅といっても、元々は農民の子供です。その藤吉郎が、占いで信長の隣にいるということ自体、考えられないことです。ですから、一国の大名で済むことなのか？」

期待が膨らむ一方の常子でさえ、藤吉郎の将来は見通せないようだった。

「ともあれ、母上は楽しそうで何よりです。それにしても、よく選ばれたものです」

惣之介は、常子が幼い頃から霊感が強かったのは知っていた。しかし、群雄割拠の中から五人を選出するのは、至難のように思えた。

「三好長慶なら多くの者は異存ないでしょう。次は、信長です。今川、武田、上杉、朝倉などは、将軍家にとって代わる意思がないとみました。力量は、信長より上だと思いますが、想像力に乏しいような気がします。続いて、光秀です。光秀は苦労人で潜在能力は他を圧倒しています。でも、主君に恵まれない人でしたので、参加させてみました」

と、常子がいつもの持論を披露した。けれども、嬉しさが災いしたのか、いつもの歯切れの良さがなかった。

「母上、戦乱の世を終わらせなければならないのです。信長は、どう動くのでしょう」

惣之介が、常子に軌道修正を迫った。

「そなた、藤吉郎が信長の家来になったからといって、すぐ役立つと思うておるのか。時が必要です。四、五年。いや、二、三年はかかるでしょうね」

「それまでは、戦乱の世が続くということになりますが」

「そなた、夕食を用意させますのでゆるりとなされ。藤吉郎の話が聞けるかもしれぬぞ」

と、常子。

「それじゃ、お言葉に甘えるといたしましょう」

と、惣之介が久しぶりの夕食を了解した。

夕食の御膳が運ばれているとき、庭先にタカが姿を現した。けれども、そこには忍びの臭いが全く感じられなかった。その様子を見た常子は、歩き出さずにはいられなかった。タカの頬をつたっているのが、汗ばかりではないように思われたからだった。すると、タカが藤吉郎と家族との別れの様子をしみじみと話した。

中村へやってきた藤吉郎は、はやる気持ちを抑えるかのように草の上に腰を下ろした。そして、畑仕事に精を出す母なかを遠くから眺めていた。そこは、青空の下にのどかな風景が広がっていて、およそ戦乱の世とは別世界のようだった。なかは、いつものように手を休めることなく鍬で土を耕し、屈んでは雑草を取り除いていた。

藤吉郎は、そばに置いた父弥右衛門の形見の千駄櫃を引き寄せてみた。確かに千駄櫃の抽斗《ひきだし》に入っているのは針売りに関係したものだったが、藤吉郎はそれとは別に特別の抽斗を持っていた。

その一つは、母を楽にしてあげたい孝行箱。もう一つは、主君信長のために働く忠義箱だった。そして、一所懸命働いて忠義箱を一杯にすれば、おのずと孝行箱も潤うのではないかと考えていた。

藤吉郎は、故郷を満喫してみたくなって、空を仰いでみた。それから、視線を周辺の家々へと移してみた。すると、そこには昔と何も変わらない故郷があった。戦乱の世の慌ただしさも、商家のせわしさもなかった。

藤吉郎は、なかが大きく背伸びするのを待って、なかの方へ歩き出した。なかが、背伸びをした後で一休みすることを知っていたからだった。

「日吉じゃねえか……。元気そうで、何よりじゃ」

なかが、驚いたように言った。

「おら、元気だ」

「侍は、どうした。諦めたのか？」

なかは、藤吉郎の身なりが旅立ちの時と変わっていなかったので尋ねてみた。

「おっかあ、喜んでくれ。やっとのことで侍になった」

「本当か？　して、いずれの？」

なかは、心から喜べなかった。大きな戦があるということを聞いていたからだった。

「信長様じゃ」

「大うつけのか」

なかの顔が、曇った。

「そうじゃ。でも、信長様は、大うつけなどではないぞ。屹度、大きな仕事をしでかす殿様じゃ」

と、藤吉郎は目を輝かせた。

なかは、藤吉郎の話を聞いても納得できなかった。それは、大うつけの信長の噂が巷間では払拭されていなかったからだった。けれども、なかは藤吉郎から夢を奪うべきではないと考え、徐々に励ます方へと方向転換していった。

「日吉、一所懸命働け。誰よりも、殿様のためにな」

「分かった。おっかあ、今は、藤吉郎じゃ」

「そうか、何か偉くなった気がするな」

と、なかが藤吉郎を持ち上げた。

それからも、二人の会話は続いた。暫くして、なかが藤吉郎の手を取ってすすり泣いた。それは、ほんの少しの間のことだったが、遠くへ離れて行ってしまう寂しさを感じたからだった。なかは、黒い皺いっぱいの手を重ね大粒の涙をこぼしたのだった。すると、

「それじゃ、行くよ」

と、藤吉郎がどうしようもない涙を拭いながら言った。

「くれぐれも、体に気をつけろ」

と、なか。幼子たちの顔が並ぶ。

「お母～、みんなもな～。偉くなって、帰ってくるで～」

「みんなで～、待ってるから～」

「元気でな～」

「ひよしー」

ひよしの千駄櫃《せんだびつ》——秀吉譚《ひでよしたん》

二〇二三年六月一五日　第一刷発行

著　者　冬野秀俊《ふゆのひでとし》

発行者　堺　公江

発行所　株式会社講談社エディトリアル
郵便番号　一一二-〇〇一三
東京都文京区音羽　一-一七-一八　護国寺ＳＩＡビル六階
電話　代表：〇三-五三一九-二一七一
　　　販売：〇三-六九〇二-一〇二二

印刷・製本　株式会社新藤慶昌堂

ISBN978-4-86677-127-4

冬野秀俊《ふゆのひでとし》

一九四九年生まれ。青森県出身。

著書

『隠密捜査官』（二〇〇九年　幻冬舎ルネッサンス）
『追尾』（二〇一一年　幻冬舎ルネッサンス）
『蠢動』（二〇一二年　幻冬舎ルネッサンス）
『汚濁』（二〇一五年　幻冬舎ルネッサンス）
『疑雲』（二〇一八年　幻冬舎ルネッサンス）
　以上、「隠密捜査官シリーズ」。
『カズちゃん（青春篇）』（二〇二〇年　幻冬舎ルネッサンス）